AF460211

Prix : 0 fr. 95 Net l'ouvrage complet.

Edition Illustrée.

8°Y2
54485

HENRI LAVEDAN
DE L'ACADÉMIE FRANÇAISE

Le Nouveau Jeu

ROMAN
DIALOGUÉ

Illustrations
de
Manuel Orazi

PARIS
MODERN-BIBLIOTHÈQUE
ARTHÈME FAYARD, ÉDITEUR
78, BOULEVARD SAINT-MICHEL, 78

Le Nouveau Jeu

BIBLIOTHÈQUE NATIONALE
R.F.
IMPRIMÉS

(20)

R.F.

HENRI LAVEDAN

DE L'ACADÉMIE FRANÇAISE

Le Nouveau Jeu

ROMAN DIALOGUÉ

Illustrations d'après les aquarelles

DE

MANUEL ORAZI

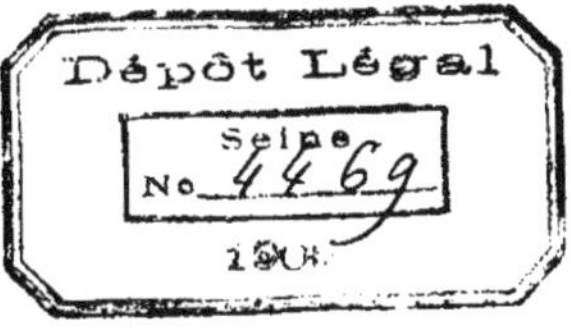

PARIS

MODERN-BIBLIOTHÈQUE

ARTHÈME FAYARD, EDITEUR

78, BOULEVARD SAINT-MICHEL, 78

Tous droits réservés

PREMIÈRE PARTIE

PERSONNAGES DU ROMAN

MM. PAUL COSTARD.
LABOSSE.
LE PEINTRE MANTEL.
D'ARNAGE.
JACQUES DURANTY.
LE COMMISSAIRE DE POLICE.
M. GAMBE.
UN AGENT EN BOURGEOIS.
VICTOR.
M. BARNOUX, juge d'instruction.
SAPIN, le greffier.
UN GARÇON DU PALAIS.

Mmes BOBETTE LANGLOIS.
COSTARD, mère.
PAUL COSTARD, née Labosse.
LABOSSE, mère.
JACQUES BURANTY.
LOUISE BRUNOY.
LE MODÈLE RIQUIQUI.
LA PATRONNE DU FAMILY-HOTEL.
ERNESTINE.

LE CANICHE ARCACHON.
LE PETIT CHIEN PASTILLE.

A PARIS, TOUT A FAIT DE NOS JOURS

A l'Hippodrome.

RF NATIONALE IMPRIMÉS

I

A L'HIPPODROME

PAUL COSTARD, vingt-cinq ans; BOBETTE LANGLOIS, vingt-sept ans; Le peintre MANTEL, trente-quatre ans; LOUISE BRUNOY, vingt-deux ans.

A l'Hippodrome, le vendredi. Dans une loge. On en est aux gymnastes.

Bobette, *à Costard.* — Pourquoi que tu ne regardes pas?

Costard. — Ça me fiche mal au cœur. Les trapèzes, toutes ces histoires-là qui se passent en l'air, dans le vide, ça me fiche mal au cœur.

Louise Brunoy. — Pauvre mignon!

Costard. — Et puis c'est vieux jeu. Il y a trois cents ans que je vois ça! Autre chose. Plus de vieux jeu!

Bobette. — Qu'est-ce qu'il te faut?

Costard. — Je sais pas. Autre chose. C'est pas à moi de trouver. Moi j'attends. Qu'on serve autre chose.

Bobette. — Autre chose, autre chose! Quand t'aimes, tu te contentes bien du vieux jeu? Tu ne cherches pas de l'inédit!

Costard. — Zut! Laisse-moi regarder les bonnes gens en l'air. Tu me déranges de regarder.

Louise Brunoy. — Bravo! Comme il a passé d'un bâton à l'autre, là, le grand brun si bien fait!

Le peintre Mantel, *à Louise.* — Tu le trouves bien fait, cet ouvrier-là? C'est-à-dire qu'il a dû être fait en wagon, sur une ligne de l'Etat. — Observe ses jambes, on croirait des cornets pour mettre des lilas. Et son ventre? un ventre de ténor de province.

Bobette. — Ne dites pas de mal des ténors.

Le peintre Mantel. — Je ne dis pas de mal des ténors, mais de leur ventre.

Bobette. — C'est tout comme.

Costard. — Bette, ne te monte pas le coup sur les cabots. Tu sais que j'ai horreur!

Bobette. — Ça n'empêche qu'il y en a de très chic, de plus chic que toi.

Costard. — Soit. Mais ne me le dis pas. Ah! voilà le carrosse Brunswick. On le garde en réserve pour le comte de Paris. Hou! Sauvez-vous, les trois messieurs tout nus. On vous a assez dégustés ! Rentrez dans vos pantalons.

LOUISE BRUNOY. — Les pauvres gens ! Ont-ils chaud !

LE PEINTRE MANTEL. — Ils suent et tu les plains. Ça devrait te dégoûter.

LOUISE BRUNOY. — Tu ne ferais pas ce qu'ils font.

LE PEINTRE MANTEL. — Sûr.

COSTARD. — Au fond, c'est assommant, ces machines-là. Je ne sais pas pourquoi nous venons ici. Non, mais ce qu'on s'embête ! Pas possible, nous nous sommes trompés de bâtiment, nous devons être à la Sorbonne... ou à l'Institut. Qui donc que je vois là-bas, au milieu de la piste ? C'est pas M. de Lesseps ? Non, c'est Auguste. En voilà encore un qu'est vieux jeu !

BOBETTE. — Ah çà ! vas-tu te taire, idiot !

COSTARD. — Je dis ce que je pense.

LOUISE BRUNOY. — Ce n'est pas une raison, parce que vous n'aimez pas l'Hippodrome, pour en dégoûter les autres.

COSTARD. — Je n'aime plus, mais j'ai aimé. J'ai aimé dans le temps, quand c'était neuf, que ce n'était pas vieux jeu ! Oui, je me rappelle même très bien, un soir, avoir eu ici une des plus grosses émotions de ma petite cocotte de vie. C'était il y a trois ans. Je venais d'être lâché dans l'après-midi, j'avais du chagrin très sérieux. J'entre dans cette boîte à mouches où nous sommes pour me changer les idées, m'enlever ça qui m'assombrissait, et devinez sur quoi je tombe ? Sur les huit étalons de l'Ukraine présentés en liberté. Vous vous imaginez, les huit étalons de l'Ukraine ? Pas plus de l'Ukraine que ma mère ! Mais enfin, peu importe, vous les voyez. Ils étaient en train de se défiler, tous les huit, au pas, l'un derrière l'autre, la tête entre les pattes, avec le cou bien rond, et des sacrés farceurs de panaches de corbillards plantés entre les oreilles, comme pour Gambetta ! Et pendant qu'ils s'amenaient à la queue leu leu, il y avait le mâtin d'orchestre qui poussait un air d'absoute, une machine triste, mais triste, une machine d'église à gros instruments... nom d'un bonhomme ! Ce que j'ai pleuré, ce que j'ai mouillé ! vous ne pouvez pas vous en faire une idée ! pouvez pas ! Ça, c'était beau, oui, à la bonne heure. Je les ai jamais revus ces huit étalons de l'Ukraine. Où diable sont-ils perchés depuis ? Sont peut-être morts. Ça serait dommage.

BOBETTE. — Moi, si j'étais née mâle, j'aurais bien aimé d'être gymnaste.

COSTARD. — Ça te ressemble encore, cette idée-là.

LE PEINTRE MANTEL, *à Bobette.* — Pourquoi ?

BOBETTE. — Parce que c'est épatant. Gymnaste ! On est comme en peau, on a des franges d'or. On se flatte avec des maillots. Et pensez donc ! Tout ce monde qui les mange des yeux, et qu'ils voient de là-haut pendant qu'ils se balancent et que la musique leur joue des choses douces. Ah ! si, allez ! c'est rudement pas ordinaire ! et puis tout, et puis les voyages, Vienne, Pétersbourg, Londres... abrutir les capitales... Ah ! moi, je trouve ça... vraiment bien joli.

COSTARD, *à Mantel et à Louise Brunoy.* — Hein ? Croyez-vous qu'elle l'est assez celle-là ?

LOUISE BRUNOY. — Quoi ?

COSTARD. — Vieux jeu. Elle raisonne comme ma mère. Ma mère dit des affaires de ce tonneau-là.

BOBETTE, *froissée.* — Je vous défends. Vous savez que je n'aime pas vous entendre parler ainsi de votre mère.

COSTARD. — Qu'est-ce que je dis de mal ? Ah bien ! avec ça qu'elle se gêne, elle, quand elle m'arrange !

BOBETTE. — Elle a le droit. C'est ta mère et tu es son fils. Mais toi, c'est différent.

COSTARD. — En quoi ?

BOBETTE. — Du moment que je te le dis, ça doit te suffire. Enfin, un garçon qui rosse sa mère, non et non ! je n'en veux pas.

COSTARD. — Tu m'embêtes à la fin. Tu ne la connais pas. Demande à Mantel, il la connaît, lui, il te dira si j'exagère. (*A Mantel.*) Voyons ? est-ce que j'exagère ?

MANTEL. — Ah ! dame ! le fait est qu'elle... Et puis ce que je ne lui pardonne pas, moi, à ta mère, c'est son fichu goût en peinture. Ah ! là, là ! quand je pense qu'elle a payé quatorze mille le dernier Lobrichon... Ça... je ne m'y ferai jamais.

— Moi, si j'étais née male, j'aurais bien aimé d'être gymnaste.

COSTARD. — Encore un qu'est vieux jeu, Lobrichon ! jeu patriarche ! Et puis, s'il n'y avait encore que ça, mais son caractère, ses manies... Et d'un serré pour la galette ! Je le sais parbleu bien que c'est maman, aussi je la respecte et je l'aime, mais ça n'empêche pas qu'elle soit d'un rasoir, d'un Sheffield ! oh ! ayez pas peur, mes enfants, si c'était pas ma mère, il y a beau temps que je l'aurais... top, top..., m'avez compris. Et elle s'en rend bien compte elle-même. Elle abuse de ce qu'elle m'a mis au monde.

BOBETTE. — Plains-toi, va, plains-toi ; je te conseille. Tu n'as qu'elle, tu es libre, tu n'as plus de père...

COSTARD. — Mais, j'aimerais mieux en avoir quatre, huit, dix, des pères qu'une comme elle, tu m'entends. Avec un père on est d'homme à homme, on se comprend toujours. Et puis d'ailleurs, en voilà assez sur elle. Fini. Autre chose.

BOBETTE. — Fini. Seulement tu es prévenu : chaque fois que tu la bêcheras, je prendrai sa défense. Parce que c'est mon rôle et mon devoir. Je suis ce que je suis, mais pour ce qui est du sentiment de la famille, je peux dire que je l'ai.

COSTARD. — Eh bien, garde-le, et tais-toi parce que tu deviens bassin.

BOBETTE. — Tu as de la chance que nous soyons en public, où je suis forcée de me tenir ; ailleurs, je ne te laisserais pas me parler sur ce ton-là. A la maison tu n'en mènes pas large.

COSTARD. — A la maison ! mais c'est moi qui te fais rentrer dans les placards comme je veux, et je n'ai qu'un mot à dire pour que tu te mettes à genoux.

BOBETTE. — C'est pas vrai.

COSTARD. — Mens donc pas. Devant Louise et Mantel c'est bien inutile. On te connaît, on sait que tu m'adores. Tu m'adores puisque tu m'entretiens.

BOBETTE. — Ne répète pas ou je te gifle. Ah ! mon pauvre garçon, il faudrait que je sois bien malade pour nourrir et élever un homme. Ne crains jamais ça, va. (*A Mantel et à Louise.*) Hein ? comme c'est bien dans mon genre et dans mes habitudes ? La preuve qu'il ment, tenez ? (*Montrant ses oreilles.*) Voilà ce qu'il m'a donné encore la semaine dernière, cet Alphonse qui veut faire le malin ! oui, ces deux perles-là, et elles lui ont coûté quinze mille. Attrape.

COSTARD, *blagueur.* — C'est pas moi. Jamais de la vie. Moi ? quinze mille ! ah ! non, ça serait trop vieux jeu !

BOBETTE, *furieuse.* — C'est pas toi ? Tu dis que c'est pas toi ?

COSTARD. — Non.

BOBETTE. — Alors, qui ? qui ?

COSTARD. — Est-ce que je sais, moi ! Un passant. Un gymnaste.

BOBETTE. — Ah ! la canaille ! C'est lui, vous savez ! Parole que c'est lui. Il voudrait me salir, vous faire croire des choses... Mais c'est lui, et c'est pas les premiers bijoux..., ni non plus les derniers... et c'est encore ta mère qui les paiera, ceux-ci, à la fin de l'année, comme elle a déjà payé mes rubis, et mon collier, et mes bracelets... Elle est plus chic que toi, ta mère... Voilà une femme du monde !... tandis que toi... tiens, tu me mets en colère, je ne te parle plus.

COSTARD. — Tant mieux ! il ne pleuvra pas.

MANTEL, *à Costard et à Bobette.* — Vous savez que vous n'êtes pas amusants, tous les deux, à vous crêper du matin au soir.

LOUISE BRUNOY, *à Costard.* — Voyons. Avouez que c'est vous qui avez donné des perles... Avouez-le, nous ne le dirons pas.

MANTEL. — Je dirai que c'est moi, si tu veux ?

LOUISE BRUNOY. — Ah ! non, par exemple !

COSTARD, *ennuyé.* — Sans doute, c'est moi. Là, êtes-vous contents ?

LOUISE BRUNOY. — Ah ! enfin ! Pourquoi vous en défendez-vous ? C'est pourtant bien, un homme qui offre des cadeaux pareils à sa petite amie.

COSTARD. — C'est stupide, c'est vieux jeu ! Voilà ce que c'est.

MANTEL. — Tu préférerais passer pour un amant à plusieurs ponts ?

COSTARD. — Oui. Ça serait drôle et gai ! Ça serait nouveau jeu !

BOBETTE. — Laisse-le donc. Il est fou. Il ne sait plus ce qu'il dit. Il est en train d'aller contre le sens moral. Vous feriez bien mieux de vous intéresser au spectacle. Sans cela, nous aurions pu rester chez nous.

Louise Brunoy. — Où en est-on?

Mantel. — Les jeux Icariens.

Louise Brunoy. — Ces hommes qui sautent comme des crapauds, les uns par-dessus les autres?

Costard. — Oui. En Icarie on ne joue pas autrement. Encore un qui est vieux jeu, le jeu Icarien! Oh! tenez, mes enfants, il y a quelque chose de bien plus moderne que tout ça!

Louise Brunoy. — Quoi?

Bobette. — Où dis-tu? (*Elle regarde.*) Oui, elle est très jolie.

Costard. — N'aie pas peur de le dire, va, elle est mieux que toi.

Mantel. — Non, mais c'est autre chose.

Bobette. — Elle a l'air bête, en tout cas.

Costard. — Tu t'y connais donc?

Bobette. — Depuis que je t'ai rencontré.

Mantel. — Ah çà! avez-vous bientôt fini?

Costard. — Mais je ne dis rien. Je regarde cette jolie jeune fille.

Bobette. — Eh

— Est-elle jolie?

Costard. — C'est cette jeune fille brune, là, dans la troisième loge après nous. Est-elle jolie!

bien, moi, je te défends de la regarder...

Costard. — Hein! Comment as-tu prononcé? Tu me défends...

BOBETTE. — Oui, je te défends.

COSTARD. — Comique! Comicus! Comica!

BOBETTE. — Oh! t'as beau parler l'anglais. Tu sais que tu ne m'intimides pas?

COSTARD. — Parle donc plus haut. Crie donc. Braie donc un peu pour attirer l'attention sur toi. Ne te gêne pas, je t'en prie.

BOBETTE. — Ne me pousse pas, tu ne sais pas ce que je suis capable.

COSTARD. — Et moi!

MANTEL, *à Louise.* — Allons-nous-en, Louise.

BOBETTE. — Je ne veux pas. Restez. Je vous défends de partir.

COSTARD, *à Mantel.* — Elle me défend de regarder, elle te défend de partir... tu vois, elle la bat complètement, elle déraille.

BOBETTE. — Voilà que tu regardes encore cette petite guenon.

COSTARD. — Elle vaut mieux qu'une vieille.

BOBETTE. — Retourne-toi, tout de suite.

COSTARD. — Non.

BOBETTE. — Retourne-toi, et ne regarde que moi.

COSTARD. — Non. Ah! non.

BOBETTE. — Paul... Paul!...

COSTARD. — Ecoute. Tu sais si je suis bon, mais résolu, et puis pas ordinaire, pas comme tout le monde.

BOBETTE. — Après?

COSTARD. — Ça me fait plaisir, en ce moment, grand plaisir de regarder cette petite. On n'a pas tant d'occasions de se rincer l'œil avec du beau. Si tu continues à m'embêter, si tu dis encore un seul mot, un seul, aussi vrai que je te trouve affreuse depuis dix minutes, je sors de la loge, je suis cette jeune fille, je me fais présenter et je l'épouse.

LOUISE BRUNOY. — Vous feriez ça? Vous lâcheriez Bobette?

COSTARD. — Froidement.

BOBETTE. — Eh bien, je t'en défie!

COSTARD. — C'est bon. Tu verras. (*Il se lève et sort de la loge.*)

BOBETTE. — Tu t'en vas? Qu'est-ce tu fais?

COSTARD. — Je commence. (*Il s'éloigne.*)

— Tu n'as pas le temps de t'ennuyer !

II

LE FILS A SA MÈRE

PAUL COSTARD; Mme COSTARD

Chez Mme Costard, en son hôtel, avenue Marceau.

COSTARD, *qui entre chez sa mère.* — Bonjour, maman.

Mme COSTARD. — Ah! te voilà. Il y a trois jours qu'on ne t'a vu.

COSTARD. — Effectivement. Tu sais compter.

Mme COSTARD. — Comment vas-tu?

COSTARD. — Entrelardé. Ni bien ni mal. Et toi?

Mme COSTARD. — Moi, j'ai un peu de migraine aujourd'hui.

COSTARD. — Tu sors trop.

Mme COSTARD. — Allons donc?

COSTARD. — Si. Tu te fatigues. A ton âge on ne peut plus faire ce que tu fais. Tu n'as plus quarante-deux ans. Ne l'oublie pas.

Mme COSTARD. — Tu ne sais pas ce que tu dis. Et puis je fais ce qui me plaît.

COSTARD. — Aussi je t'imite. Tu vas quelque part, ce soir?

Mme COSTARD. — Chez les Vernier, chez Alice, et tuer un quart d'heure à l'Opéra entre les deux.

COSTARD. — Et demain?

Mme COSTARD. — Demain, j'ai les Ponferrand à déjeuner, je goûte chez Grimani, et je dîne chez Berthe. Après-demain, je passe la journée à Saint-James, chez les Sauvin. Jeudi...

COSTARD. — Tu n'as pas le temps de t'ennuyer!

Mme COSTARD. — Je ne m'ennuie jamais.

COSTARD. — T'as de la veine.

Mme COSTARD. — Pas de t'avoir.

COSTARD. — Pourquoi? Tu aurais pu tomber plus mal. Je noce et je m'amuse, c'est vrai. Mais je ne suis pas vieux jeu. J'ai une façon de nocer qui te fait honneur.

Mme COSTARD. — Parlons-en. Mme Bobette Langlois! Tu trouves qu'elle me fait de l'honneur. Tu n'es pas difficile! Une fille avec laquelle tu t'affiches partout!

COSTARD. — Ça prouve que je ne suis pas hypocrite. Et puis, laisse donc! tu aimes autant que ce soit elle qu'une autre.

Mme COSTARD. — Moi! Est-ce que tu t'imagines que je m'occupe de ça?

COSTARD. — Non. Sans doute. Mais, dans le fond, tu as pourtant une espèce de faible pour elle.

Mme COSTARD. — Ah çà, Paul, tu es fou!

COSTARD. — Ne te fâche pas. Tu oublies ce que tu as fait, il y a trois mois, comme tu as été gentille... Tu me l'as caché, mais je l'ai su.

Mme COSTARD. — Qu'est-ce que j'ai fait? Je ne comprends pas.

COSTARD. — Que si, tu comprends. Il y a trois mois, quand Bobette a été si malade...

Mme COSTARD. — Eh bien?

COSTARD. — Tu lui as fait porter par Sulpice quelques bouteilles de vieux vin.... Ah! n'essaie pas de nier, c'est elle-même qui me l'a dit. Eh bien, tu sais, j'ai trouvé ça épatant, surtout de ta part... et puis chic, bien tant pis pour les conventions, bien nouveau jeu enfin.

Mme COSTARD. — Oui, c'est vrai. Mais qu'est-ce que tu veux? Tu te lamentais, tu ne mangeais pas, tu me faisais une figure d'une aune. J'ai pensé : « Voilà une pauvre malheureuse qui s'en va du poumon... Ma parole, je comptais bien qu'elle allait mourir! ma foi, je suis la mère de Paul, je peux bien lui offrir une douceur. » Et je lui ai fait remettre par Sulpice un petit panier de notre léoville. Voilà tout.

COSTARD. — Lequel? Celui de 76?

Mme COSTARD. — Celui de 76.

COSTARD. — C'est le meilleur. Tu as été très à la haute, quand tu as eu cette idée-là. Encore une fois, ne le regrette pas. Aussi, dame! elle s'exprime sur toi avec une chaleur... oh! mais dans des termes... C'est ce que je lui dis souvent : « Tu parles de ma mère comme tu ne parlerais pas de la tienne! »

Mme COSTARD. — Assez, Paul.

COSTARD. — Ah! tant pis si ça te froisse, j'en suis bien fâché. Mais il faut que tu le saches.

Mme COSTARD. — Je t'en prie.

COSTARD. — T'auras beau te débattre, tu n'échapperas pas à la gratitude de Bobette. Ça t'apprendra à jouer les bienfaitrices. Eh bien, elle t'adore, elle ne parle que de toi tout le temps... elle prend ta défense.

Mme COSTARD. — Comment! tu dis donc à cette créature du mal de ta mère?

COSTARD. — Mais non. Seulement, quelquefois, je plaisante, je taquine. Eh bien, c'est une justice à lui rendre : toujours elle te protège.

Mme COSTARD. — Bien obligée. Tiens, arrête-toi sur ce sujet, parce que tu vas dépasser les limites de ce que je puis entendre.

COSTARD. — C'est bon, c'est bon. Comme si on ne pouvait tout te dire, à toi! Tu n'es pas une mère pareille aux autres.

Mme COSTARD. — En tout cas, j'ai un fils qui est joliment à part. Des gens qui écouteraient notre conversation seraient confondus.

COSTARD. — Je le crois. Mais ils ne s'embêteraient pas.

Mme COSTARD. — Quel langage!

COSTARD. — Que veux-tu! c'est celui qui se parle. Mais j'oublie que j'avais quelque chose à te dire.

Mme COSTARD. — Est-ce sérieux?

COSTARD. — Tu vas en juger. Je me marie.

Mme COSTARD. — Pour de bon?

COSTARD. — Tout ce qu'il y a de meilleur.

Mme COSTARD. — Voilà je ne sais combien de fois que tu m'annonces cette nouvelle.

COSTARD. — Cette fois-ci, c'est la vraie.

Mme COSTARD. — Tu es encore bien aimable de me consulter avant.

COSTARD. — Je ne te consulte pas, je t'informe.

Mme COSTARD. — Informe-moi donc. De qui s'agit-il?

COSTARD. — D'une jeune fille.

Mme COSTARD. — Evidemment.

COSTARD. — Tu es superbe. Pourquoi évidemment? Ça pourrait très bien être une une jeune femme, ou une veuve...

Mme COSTARD. — Soit. Son nom?

COSTARD. — Germaine Labosse.

Mme COSTARD. — Pas beau.

COSTARD. — Ça vaut Costard.

Mme COSTARD. — Je ne trouve pas.

COSTARD. — Moi, je trouve. Quand t'étais jeune fille, avant d'épouser papa, tu t'appelais bien Marteau... Mélanie Marteau? Franchement, il n'y a pas de quoi cracher sur Labosse. Enfin, elle s'appelle comme ça, je ne peux rien y changer. Ses parents sont des entrepreneurs très calés. Fortune acquise dans les démolitions.

Mme COSTARD. — Honnêtement?

COSTARD. — Je ne sais pas si elle est acquise honnêtement, je sais qu'elle est faite.

Mme COSTARD. — Bien, les parents?

COSTARD. — J'espère.

— Ses parents sont des entrepreneurs très calés.

Mme COSTARD. — Tu ne les connais donc pas encore?

COSTARD. — Non. J'ai le temps pour ça, j'ai toute la vie. D'ailleurs, ça m'est égal. Saignants ou trop cuits, je les prends comme ils seront ; c'est pas eux que j'épouse.

Mme COSTARD. — Je t'admire. C'est peut-être eux qui ne voudront pas de toi?

COSTARD. — Ça m'étonnerait, parce que d'abord j'ai mes petits mérites personnels, ma fortune à moi, sans parler de ce qui me reviendra plus tard, et puis parce que je suis à peu près sûr de la jeune fille.

Mme COSTARD. — Elle t'aime?

COSTARD. — M'aimera.

Mme COSTARD. — Au moins, elle, tu la connais?

COSTARD. — De vue seulement. C'est demain que l'abordage a lieu, chez les parents qui ne s'en doutent pas.

Mme COSTARD. — Comment cela?... Explique-toi. Tu m'effraies.

COSTARD. — C'est très simple. Non, ils ne se doutent de rien. Demain j'irai les voir, je leur dirai qui je suis, qui tu es, qui nous sommes : père banquier, décédé ; mère veuve, très riche, terre dans le Var, villa à Trouville, hôtel avenue Marceau, fils unique... « C'est moi le fils unique, renseignez-vous sur la place. » Et je leur demanderai la main de l'enfant. En recevant cette corniche sur l'occiput, ils seront littéralement assommés, tu comprends! Et ils me l'accorderont.

Mme COSTARD. — Allons, je suis bien bête de t'écouter. Ne te moque pas de moi davantage.

COSTARD. — Ah! tu ne me crois pas? Ça va être encore plus drôle alors. Je te jure que je dis la pure vérité.

Mme COSTARD. — Vraiment? Tu veux te marier, toi? Pourquoi? à propos de quoi?

COSTARD. — Parce qu'il faut. Et puis parce que c'est épatant, moi, à mon âge, avec mes idées, de me décider à ça. Oui, je fonde une famille, carrément. Tous ceux qui me connaissent et qui m'estiment diront : « Voilà! Le petit Costard, ça lui a pris de se marier, et pan, il l'a fait dans le quart d'heure. C'est très chic! »

Mme COSTARD. — Tu es ridicule. Mais depuis quand as-tu remarqué cette jeune fille? Où l'as-tu rencontrée pour la première fois?

COSTARD. — A l'Hippodrome, hier soir.

Mme COSTARD. — Hier soir?

COSTARD. — Oui. Elle était dans une loge à côté de la nôtre, jolie comme un cœur, et pas l'air de s'en douter. Et puis, très comme il faut, distinguée, au point que j'ai eu beau lui faire l'œil sans reprendre haleine, pas une fois elle n'a rendu. Ça, c'est déjà une garantie pour l'avenir. C'est une jeune fille qui doit avoir été entraînée au Cœur-Sacré ou à l'Abbaye. On sent ça rien qu'à la manière dont elle ne regarde pas les hommes. Enfin, tu sais, maman, t'auras là une bru dont tu pourras te parer en plein jour, et qui te soutiendra dans les magasins. Ah! elle me revient beaucoup!

Mme COSTARD. — Mais comment peux-tu savoir, toi, que tu lui plais déjà?

COSTARD. — Intuition. Divine intuition.

Mme COSTARD. — Ce mariage est stupide. Il ne se fera pas.

COSTARD. — Ne dis donc pas d'imprudences. Il se fera si je veux qu'il se fasse. Paul Costard dit : « Que Germaine Labosse soit », et Germaine Labosse fut.

Mme COSTARD. — Jamais de la vie.

COSTARD. — Tu oublies que je suis majeur.

Mme COSTARD. — Tu me ferais des sommations?

COSTARD. — Tu peux y compter. Et qu'elles ne traîneraient pas, mes respectueuses! qu'elles t'arriveraient toutes les trois, bien mignonnes, à la file indienne!

Mme COSTARD. — Ainsi, tu te marierais contre mon gré?

COSTARD. — Mais dame, oui, je m'aphone à te le dire.

Mme COSTARD. — Tu n'aimes pas ta mère, tu ne l'as jamais aimée.

COSTARD. — Je t'aime comme tu m'aimes, je te rends ce que tu me donnes. Et puis j'épouserai qui je voudrai, est-ce que ça te regarde? Tu ne m'as pas demandé la permission quand tu as pris papa. Aujourd'hui, depuis que tu es seule, est-ce que je t'ennuie, est-ce que je ne te laisse pas libre? Tu reçois qui tu veux, tu sors, tu rentres aux heures qui te plaisent ; on dit un tas de choses sur toi, dans le monde.

Mme COSTARD. — Que dit-on ?

COSTARD. — Plus tard nous en recauserons. Ça n'est pas le moment. Ainsi, c'est entendu. Je vais demain chez les Labosse et je tape le premier clou. Après tu te montreras, si tu y tiens. Oui, je suis très content, je commence à voir la vie sous son vrai jour... (*Il chantonne.*) Sous son... vrai... jour !

Mme COSTARD. — Eh bien, et Mme Langlois ?

COSTARD. — Bobette ! Je la dépose. Ah ! je la dépose, comme un monarque.

Mme COSTARD. — Tu crois qu'elle se laissera faire ?

COSTARD. — Faudra bien.

Mme COSTARD. — Tu te prépares à de belles scènes, et des histoires à n'en plus finir.

COSTARD. — Non, maman. Rien du tout. Ça coulera comme sous le pont, parce que Bobette m'aime, qu'elle est intelligente et qu'elle comprendra que c'est mon intérêt de me caser une bonne fois pour toutes. Elle en versera une ou deux, je lui ferai un beau petit cadeau, elle viendra à mon mariage pour voir comment je supporte l'opération. Et puis voilà. Il n'y aura pas plus de drames que ça.

Mme COSTARD. — Allons ! tu es optimiste.

— JE NE SUIS PAS VIEUX JEU.

COSTARD. — Je ne suis pas vieux jeu. Jamais je ne m'y résoudrai. Et je te garantis que ma femme ne le sera pas non plus, ni mes enfants si j'en cueille. Soyons de notre époque. Je veux même être plus que le jeune homme d'aujourd'hui, je veux être le jeune homme de demain, d'après-demain si possible. « Devancer pour avancer. » Voilà ma devise. Au premier abord elle a l'air de ne pas signifier grand'chose. Creuse-la, maman, tu verras qu'il y a un monde dans ces deux mots. Tiens, toi ! qu'est-ce qui fait que je t'aime et que je t'apprécie, quoique tu me mettes souvent des bâtons dans la roue ? Eh bien, c'est que, sans être absolument nouveau jeu, tu n'es pourtant pas une mère vieux jeu. Encore un petit coup de collier, un petit effort, et tu deviendras nouveau jeu, parfaite. Alors paire d'amis nous serons. Pas avant. Bonsoir, maman, j'espère que je ne t'ai pas fâchée ?...

Mme COSTARD. — Un peu.

COSTARD. — Ça passera. Si tu tiens à ce que je t'embrasse, je t'embrasserai.

Mme COSTARD. — Sans doute, bêta.

COSTARD, *qui l'embrasse.* — Ça y est. Tu n'as rien de spécial à me dire ?

Mme COSTARD. — Je ne vois pas.

COSTARD. — Secoue bien ton sac.

Non... tu ne trouves rien. En ce cas, adieu.

Mme Costard. — Adieu. Quand te reverrai-je?

Costard. — Peux pas te préciser. Quand je reviendrai. — Peut-être après-demain.

Mme Costard. — Heureusement que s'il m'arrivait quelque chose la nuit, on sait où aller te prévenir... chez Mme Langlois.

Costard. — Tu l'as dit. Chez Mme Langlois. Mais pas pour longtemps. Sous peu c'est chez Mme Costard, Mme Paul Costard qu'on me trouvera, chez ma femme! Ma femme... à moi? Non, c'est trop drôle... Bonsoir, la maman! Portez-vous bien, la dame! N'achetez pas de nouveau Lobrichon d'ici demain. Et puis dis que tu as un garçon renversant. Allons, dis-le, et plus vite que ça.

Mme Costard. — J'ai un garçon renversant.

Costard. — T'es un cœur. Je me défile chez les Labosse.

— Vous n'êtes pas le premier, allez, monsieur.

III

COMME ON SE RETROUVE !

PAUL COSTARD ; M. LABOSSE, entre cinquante-cinq ans et soixante ; très détérioré ; Mme LABOSSE. Une bonne femme assez commune.

Chez les Labosse, rue de Rome, au premier.

M. et Mme Labosse sont dans leur chambre, vers les quatre heures, quand on leur remet une carte.

M. Labosse, *qui regarde la carte.* — Paul Costard. Je ne connais pas. (*A sa femme.*) Et toi ?

Mme Labosse. — Moi non plus. Si Alice n'était pas à sa leçon, elle se rappellerait peut-être. Ça doit être un des jeunes gens que nous invitons à tous nos bals.

M. Labosse. — Probablement. (*Au valet de chambre.*) Comment est-il, ce monsieur ?

Le valet. — C'est un jeune homme très bien.

Mme Labosse, *à son mari.* — Tu vois ? (*Au valet.*) Vous l'avez fait entrer au salon ?

Le valet. — Oui, Madame.

M. Labosse. — Dans le grand, le mieux ?

Le valet. — Celui où Monsieur aime bien qu'on attende. Oui, Monsieur.

M. Labosse, *à sa femme.* — Eh bien, qu'est-ce que tu veux, ma bonne ? Allons-y. (*Ils s'acheminent vers le grand salon.*)

M. Labosse, *s'inclinant légèrement devant Paul Costard, debout, très courbé.* — Monsieur... Paul Costard ?

Costard, *toujours courbé.* — Monsieur... madame...

M. Labosse. — Asseyez-vous, je vous prie.

Costard, *qui s'assoit.* — Vraiment, je suis confus...

M. Labosse. — Qu'y a-t-il ? (*Regardant pour la première fois Costard en face et réprimant un petit cri d'étonnement.*) Ah !

Costard, *qui a regardé M. Labosse. Même jeu.* — Oh !

Mme Labosse, *surprise.* — Quoi donc ? Vous vous connaissez ?

Costard et M. Labosse, *ensemble.* — Non, pas du tout.

Mme Labosse. — Il m'avait semblé...

M. Labosse. — Non. (*A Costard.*) A quoi dois-je, monsieur, l'honneur... ?

Costard. — Voici. Je ne serai pas compliqué. Les déclarations les plus franches sont les meilleures. Vous avez une fille.

M. Labosse. — Oui, monsieur. Effectivement, nous avons une fille.

Mme Labosse. — Unique. C'est vous dire, monsieur...

Costard. — Et vous avez bien raison, madame ! Je continue. Je l'ai remarquée ..

Mme Labosse. — A un de nos bals, sans doute

Costard. — Non.

M. LABOSSE. — Nous ne vous avons jamais invité? Vous êtes bien sûr ?

COSTARD. — Très sûr.

M. LABOSSE. — A l'avenir, nous vous inviterons. (*A sa femme.*) Prends-en note.

COSTARD. — Je continue. Je l'ai remarquée.

M. LABOSSE. — Où cela, alors?

COSTARD. — J'allais vous le dire : à l'Hippodrome, avant-hier soir, un peu après les jeux Icariens. Elle a produit sur moi une impression, mais une impression... Je ne trouve pas de mot.

Mme LABOSSE. — C'est toujours celle-là qu'elle produit. Vous n'êtes pas le premier, allez, monsieur!

COSTARD. — J'en suis persuadé, madame... Enfin, une impression telle que j'en ai parlé le lendemain même à ma mère.

Mme LABOSSE. — Vous avez encore votre mère, monsieur?

COSTARD. — Oui, madame, je l'ai toujours.

M. LABOSSE. — Et aussi M. votre père?

COSTARD. — Je voudrais. Mais je l'ai perdu.

Mme LABOSSE. — Nous vous plaignons bien, car les plus malheureux ne sont pas encore ceux qui partent...

COSTARD. — Mais ceux qui restent, c'est vrai, madame. Je continue. J'ai donc parlé de votre fille à ma mère, je lui ai dit qui elle était, qui vous étiez, votre situation sociale...

M. LABOSSE. — Mais pardon, comment saviez-vous tout cela?

COSTARD. — Un enfantillage. Par votre valet de pied, auquel j'ai donné un louis, à la sortie de l'Hippodrome, pendant qu'il allait chercher votre voiture. Et, entre parenthèses, permettez-moi de vous adresser mes compliments, c'est tout à fait bien attelé.

Mme LABOSSE. — Félicitez M. Labosse, moi je n'entends rien à ces choses-là.

COSTARD. — Je continue.

M. LABOSSE. — Pardon. Alors, c'est Adrien qui vous a dit notre nom et tous les détails?

COSTARD. — Oui.

M. LABOSSE. — C'est bon. Je le renverrai ce soir.

Mme LABOSSE. — Pourquoi, mon ami? Puisqu'il a donné de bons renseignements à monsieur!

M. LABOSSE. — Au fait, tu as raison. C'est un brave homme. Je l'augmenterai.

COSTARD. — Je continue. Ma mère a été très frappée de me voir aussi pris, parce que je ne suis pas très facile à prendre, — quand vous me connaîtrez mieux, vous le remarquerez, — je ne lui ai pas caché que je viendrais vous voir aujourd'hui vous faire part de mes intentions, de mon désir ; aussi est-ce en son nom autant qu'au mien que j'ai l'honneur de vous demander la main de Mlle... le petit nom, s'il vous plaît?

M. LABOSSE. — Alice.

COSTARD. — J'adore ce nom-là.

Mme LABOSSE. — Vraiment, monsieur... (*Montrant son mari.*) Moi et le père de cette enfant nous sommes un peu surpris...

COSTARD. — Oh! mais je ne vous demande pas une réponse immédiate, madame! Soufflez à votre aise. Je trouve tout naturel que vous preniez vingt-quatre heures de réflexion.

M. LABOSSE. — Permettez! Vous êtes un peu rapide, jeune homme! Comment! voilà une fillette que vous apercevez à l'Hippodrome, de loin, avant-hier, que vous ne connaissez pas, avec laquelle vous n'avez pas échangé deux mots, et tout de suite vous vous précipitez... vous galopez à la mairie... Allons, voyons... un peu moins de hâte, un peu moins de fougue.

Mme LABOSSE. — Oui. Moi et le père de cette enfant nous avons besoin de voir, de peser...

COSTARD. — Encore une fois, vous avez raison. Voyez, pesez. Je vous répète que je ne veux pas vous brusquer. Parbleu, vous voulez, vous aussi, recueillir vos petits renseignements? Recueillez-les. Je ne suis pas inquiet. Ils ne peuvent pas être mauvais. Tout ce qu'on pourra dire, à la grande rigueur, c'est que ne suis pas le jeune homme banal, pas le jeune Tout-le-Monde! Et ça je m'en vante! C'est ce qui me pose... constitue ma valeur personnelle. Non, j'aime mieux vous l'apprendre tout de suite : si... ça se fait... eh bien, vous n'aurez pas un gendre vieux jeu. Vous aurez un gendre nouveau jeu, le dernier soupir. Voilà qui est entendu!

Asseyez-vous, je vous prie.

Mme LABOSSE. — Bien, monsieur. Mais je vous avouerai, tout ce que vous nous dites, cette façon si cavalière de régler le mariage...

COSTARD. — Enfin je vous fais un peu peur ?

M. LABOSSE. — A ma femme, oui. Un peu moins à moi.

COSTARD. — A la bonne heure. Je sens déjà que vous me comprenez ?

M. LABOSSE. — J'essaye.

Mme LABOSSE. — Pardon, cependant. N'allons pas trop loin. Au fond, voyez-vous, monsieur, il pense absolument comme moi, le père de cette enfant ! il partage mes espoirs, mes appréhensions. (*A son mari.*) Est-ce vrai, Camille ?

M. LABOSSE. — C'est très vrai.

Mme LABOSSE. — Gardons-nous de nous presser. Nous prenons note de votre demande, bien qu'elle soit faite en dehors de toutes les règles... Mais nous avons besoin de réfléchir et de consulter. Il faut que nous sachions où nous allons avant de jeter Alice dans vos bras. Il faut que nous connaissions Mme votre mère. Il faut...

COSTARD. — Voulez-vous que je vous l'amène demain ?

M. LABOSSE. — Non, c'est moi au contraire...

COSTARD. — Oh ! si vous ne voulez pas vous déranger, si vous êtes occupé... elle qui n'a rien à faire, elle viendra.

Mme LABOSSE. — Elle vous aime beaucoup ?

COSTARD. — Elle m'obéit.

Mme LABOSSE. — C'est égal, il est plus convenable que le père de cette enfant fasse le premier pas vis-à-vis de Mme votre mère. Où demeure-t-elle ?

COSTARD. — 56, avenue Marceau.

M. LABOSSE. — A quel étage ?

COSTARD. — Du haut en bas. C'est un hôtel.

Mme LABOSSE. — Oh ! mais nous n'avons jamais douté que Mme votre mère ne fût une personne très distinguée.

COSTARD. — N'est-ce pas ? Il suffit d'ailleurs de me voir.

M. LABOSSE. — Je l'avais sur les lèvres.

COSTARD. — Eh bien, écoutez, monsieur, madame, je ne sais pas, ni vous non plus, ce qu'il va sortir de tout ça, mais permettez-moi de vous dire que vous me plaisez. Ah ! mais beaucoup... et que... comme beaux-parents... je ne vois vraiment pas mieux que vous deux... Non, c'est franchement que je vous le déclare, on plaît ou on ne plaît pas. Vous me plaisez.

M. LABOSSE. — Allons, tant mieux. C'est toujours ça.

Mme LABOSSE. — Le plus important, monsieur, ce n'est pas que nous vous plaisions — sans doute cela nous touche et vous êtes bien poli, — mais c'est que vous plaisiez à Alice.

M. LABOSSE. — Ah ! dame, oui. Tout est là ! *Hic jacet... (A Costard.)* Vous souriez ? Hé ! oui, j'ai su un peu de latin dans mon temps.

COSTARD. — Il y paraît. Et n'aurai-je pas le plaisir, avant de vous quitter, d'être présenté à Mlle votre fille ?

M. LABOSSE. — Malheureusement, elle n'est pas à la maison.

Mme LABOSSE. — Oui, elle est à sa leçon.

COSTARD. — Oh ! comment ! mademoiselle travaille encore ? Mais je vois que c'est une laborieuse.

M. LABOSSE. — Non, elle ne travaille plus. Elle sait depuis longtemps tout ce qu'il est possible de savoir.

Mme LABOSSE. — C'est une enfant qui n'a plus rien à apprendre.

COSTARD. — Bah !

Mme LABOSSE. — Les leçons qu'elle prend maintenant ne sont que des leçons d'arts d'agrément. Le superflu, le vernis, la dernière touche. Ainsi, justement, aujourd'hui elle est à sa leçon de castagnettes.

COSTARD. — De casta...

M. LABOSSE. — ...gnettes. Oui. Elle fait des progrès à chaque séance, et son professeur est enchanté d'elle.

COSTARD. — J'imagine que son professeur... ?

M. LABOSSE. — Comment donc ! C'est une dame, bien entendu, une dame âgée, très comme il faut.

COSTARD. — Une Espagnole ?

M. LABOSSE. — Non, une Suissesse.

COSTARD. — Oh ! une Suissesse... des castagnettes.

Mme LABOSSE. — Il faut être juste et vous dire que c'est une Suissesse qui a habité deux ans Biarritz.

COSTARD. — Alors c'est différent. Mais je vois que j'abuse, il est temps de me retirer.

M. LABOSSE. — Non, restez encore un instant. Mme Labosse avait quelques courses

COSTARD. — Madame. (*Il s'incline. — Elle sort.*)

M. LABOSSE. — Hein? qu'est-ce que vous en dites?

COSTARD. — Rien, j'en suis pas encore revenu. Ainsi c'est bien vous?

M. LABOSSE. — Il me semble. Et c'est bien vous aussi?

— NON, C'EST FRANCHEMENT QUE JE VOUS LE DÉCLARE, ON PLAIT OU ON NE PLAIT PAS.

faire, elle va nous quitter. Moi je vous garde.

Mme LABOSSE, *se levant.* — Eh bien, puisque vous le permettez, monsieur...

COSTARD. — Mais je vous en prie, madame, et je compte bien que nous n'en resterons pas là.

Mme LABOSSE. — Nous verrons, monsieur. Avec la meilleure volonté du monde, je ne peux pas vous donner le moindre espoir. Nous verrons, Monsieur...

COSTARD. — Il me semble.

M. LABOSSE. — Non, ça... c'est tout de même trop parisien?

COSTARD. — Dites que c'est nouveau jeu!

M. LABOSSE. — Saprelotte, oui, ça l'est!

COSTARD. — Quand je vous ai reconnu, en entrant, j'ai cru que j'allais éclater.

M. LABOSSE. — Moi aussi. Sans la présence de ma femme, je serais parti, je suffoquais.

COSTARD. — Vous avez bien fait de vous

contenir. Ça n'aurait pas arrangé mes affaires.

M. LABOSSE. — Ni les miennes.

COSTARD. — Non, mais ce hasard! Quand j'ai fait votre connaissance, il y a un mois, si on m'avait prophétisé que je viendrais...

M. LABOSSE. — Et drôlement nous avons fait connaissance!

COSTARD. — En effet, pas du tout bourgeois ce qui nous est arrivé ; je vadrouillais, à trois heures du matin, avec deux camarades... Pris d'appétit, tous les mangeoirs fermés, alors poussé jusque chez Baratte, et là, dans une salle du haut, je trouve qui?...

M. LABOSSE. — Moi.

COSTARD. — Vous, avec des dames qui vous tutoyaient en vous plaquant des jets de siphon à la figure. En me voyant entrer, sans doute que ma balle vous revenait, car vous m'avez tout de suite appelé : « Ohé, toi! le petit brun qui te gondoles avec les deux messieurs, amène ici, je vous invite tous les trois en compagnie de ces princesses qui nous entourent! »

M. LABOSSE. — Taisez-vous, j'en rougis.

COSTARD. — Vous avez bien tort. Nous étions nous-mêmes un peu partis.

M. LABOSSE. — Vous pouvez dire : arrivés.

COSTARD. — Nous avons accepté, et vous nous avez payé le champagne. On a joliment ri. Nous ne nous sommes quittés qu'à la petite aube.

M. LABOSSE. — Oui, j'ai été bien malade le lendemain.

COSTARD. — On s'était lâché comme on s'était accroché, sans se donner ses cartes de visite, on se croyait espacés jusqu'au jugement dernier, et puis, paf! faut que j'aille à l'Hippo, que le spectacle m'embête, que je remarque une ravissante créature, que je m'emballe, que je demande sa main pour que je découvre au bout du bout que m'sieu Baratte c'était mon futur beau-père. Non, non! c'est crevant, c'est tonkinois, c'est de la joie en bâton!

M. LABOSSE. — Plus bas! petit malheureux. Si on nous entendait.

COSTARD. — Ah! tant pis, c'est plus fort que moi. Vous n'y étiez pas l'autre soir à l'Hippo?

M. LABOSSE. — Non.

COSTARD. — Faisiez la vie de tire-bouchon? Allons, quand je vais raconter ça à maman, pour sûr elle va en avoir la jaunisse, elle va se renverser du coup, et franchement il y a de quoi.

M. LABOSSE. — Je vous en prie, cessez. Je... je me sens gêné avec vous.

COSTARD. — Mais êtes-vous bête! Pourquoi gêné? Quel mal avons-nous fait? Aucun. Rions-en. Faut rire. Vous vous secouez un peu le soir, vos travaux finis. Après? Ça prouve que vous n'êtes pas vieux jeu. Nous avons rompu le pain nocturne ensemble, nous devions nous retrouver dans le jour. Et puisque ça arrive, compliments mutuels.

M. LABOSSE. — Quelle opinion allez-vous avoir de moi?

COSTARD. — Excellente. Est-ce que je vous pose une pareille question, moi?

M. LABOSSE. — Pas la même chose. Vous êtes jeune, vous. C'est de votre âge.

COSTARD. — Tra la la. Je vous trouve un vieux chic. Vous me trouvez un jeune chic. Savez-vous ce que vous pensez en vous-même? Je vais vous le réciter. Vous pensez : « Voilà un garçon carré sur ses semelles, il aurait pu m'envoyer un homme abbé, un homme notaire, un homme magistrat, un gluant, quoi! pour me faire ses propositions au nom de la famille. Pas du tout, il a préféré se présenter tout seul : « Me voilà, Paul Costard. » C'est très crâne. » Il se trouve que nous nous connaissions déjà. Vive Paris! C'est une veine, allez! Faisons tous les deux notre petit Titus, nous ne l'avons pas perdue, notre journée! Mais ne vous imaginez pas, pour cela, que je sois un frivole, un écureuil de boulevard? Non, j'ai du cœur, du sentiment, et le reste. Quand je vous déclare que j'aime votre fille, c'est que je l'aime. D'ailleurs, nous en recauserons mieux, et sous peu. Pour aujourd'hui, en voilà assez. Ne faisons pas déborder le vase. Adieu, ou plutôt au revoir. Je vous quitte. Votre main. Non, pas celle-là, la droite. A la bonne heure. Très, très content, vous savez? Encore au revoir et dites-moi : A bientôt, Paul.

M. LABOSSE. — Il m'abrutit. (*A Costard.*) A bientôt, Paul.

— Enfin, voila. Maintenant tu es au courant.

IV

LA JEUNE FILLE EN QUESTION

ALICE LABOSSE, dix-huit ans, fine taille, jolis cheveux, blonde, mince et tranquille; Mme LABOSSE, toujours la même.

Dans la chambre à coucher de la jeune fille. Le soir. Tout à fait anglaise, la chambre à coucher d'Alice; lit de cuivre doré, gravures délicieuses, portrait de Fany Kemble au-dessus de la cheminée, boiseries laqué lilas, beaucoup d'écharpes et de coussins de chez Liberty. Des orchidées dans des vases provenant de la poterie esthétique Elliot.

Mme Labosse. — Enfin voilà. Maintenant tu es au courant. Vois, réfléchis, prends ton temps. Dans quelques jours, tu nous diras si tu tiens à faire la connaissance de ce monsieur.

Alice. — Comment s'appelle-t-il déjà?

Mme Labosse. — Paul Costard.

Alice. — Ce n'est pas très beau, mais il y a plus laid.

Mme Labosse. — C'est ce que nous avons dit, ton père et moi. Mme Paul Costard... Ça peut aller. Et puis, tu pourrais mettre un trait d'union. Oh! mon Dieu, comme Casimir-Perier... Chauveau-Lagarde. S'il t'aime, il y consentira. Enfin ça peut s'arranger.

Alice. — Oui, quoique dans le fond le nom me soit égal.

Mme Labosse. — Le nom a bien som importance, quand ça ne serait que pour les fournisseurs. Mais tu as raison, le nom n'est pas tout dans le mariage. Il y a aussi le, la... beaucoup d'autres choses. Oh! c'est très grave, le mariage!

Alice. — Est-ce aussi grave que tu veux bien le dire, maman?

Mme Labosse. — Oui, mon enfant.

Alice. — En quoi?

Mme Labosse. — Comment en quoi? Mais en tout. Le bonheur de la vie peut en dépendre.

Alice. — Le bonheur de la vie. J'en entends souvent parler. Alors les vieux garçons et les vieilles filles sont sûrs de ne pas être malheureux?

Mme Labosse. — A peu près.

Alice. — Tu as pourtant été heureuse avec papa?

Mme Labosse. — Sans doute, ton père a été très heureux avec moi.

Alice. — Eh bien alors?

Mme Labosse, *avec un soupir.* — Tout le monde n'a pas ma chance! Tu comprendras cela plus tard.

Alice. — Je ne peux donc pas le comprendre aujourd'hui?

Mme Labosse. — Non, Alice.

Alice. — Tu m'étonnes bien, maman. Je ne me croyais pas bouchée.

Mme Labosse. — Pour intelligente, certes, tu l'es. Tu es notre enfant! Mais l'intelligence n'a rien à faire là. Le mariage, vois-tu, c'est une chose... une chose...

ALICE. — Achève.

Mme LABOSSE. — C'est une chose... considérable ! Tu ne peux pas te faire une idée de ce qu'éprouvent des pauvres parents, à la veille de confier leur fille, leur fille unique... C'est une grosse préoccupation, va ! Il y a des moments où on se dit : « Je voudrais bien que ça se fasse ! » et puis d'autres où on pense : « Ah ! je ne sais pas ce que je donnerais pour que ça ne se fasse pas. » Toutes les mères ont passé par ces angoisses, tu y passeras plus tard comme nous. Seulement, dans ce temps-là, je n'y serai plus ; il y aura belle heure que le bon Dieu...

ALICE. — Je t'en prie, maman. Ne te mets pas à t'enterrer. Ça finit toujours par des larmes.

Mme LABOSSE. — Mes larmes t'agacent. Je disais comme toi quand ta grand'mère pleurait. Tu verras à mon âge.

ALICE. — Non. J'espère bien que je m'en irai avant, par exemple.

Mme LABOSSE. — Tu ne sais pas ce que tu dis. Revenons à ce jeune homme.

ALICE. — Revenons-y, je veux bien.

Mme LABOSSE. — Tu n'as pas l'air de tenir à ce que nous en parlions ?

ALICE. — Moi ? Comme il te plaira. Ça m'est absolument égal : parlons-en, n'en parlons plus... A ton aise.

Mme LABOSSE. — Peux-tu traiter aussi légèrement !... Voilà un jeune homme que tu n'as pas vu et que tu ne connais en rien, qui peut-être dans deux mois va te tutoyer, être ton maître, ton mari, un jeune homme que tu aimeras, qui probablement nous détestera ton père et moi... et tu n'as pas l'air d'y attacher plus d'importance que s'il s'agissait... Mais, ah çà ! où as-tu la tête, ma pauvre petite enfant ?

ALICE. — A rien.

Mme LABOSSE. — Je m'en aperçois.

ALICE. — J'ai toujours été ainsi. Tout m'est égal, tu le sais bien. Je n'ai jamais pu me passionner, qu'est-ce que je dis ! m'intéresser à quoi que ce soit. On m'a cru souvent fière ou blasée. Ni l'une ni l'autre.

Mme LABOSSE. — Tout t'ennuie ?

ALICE. — Mais non. Rien ne m'intéresse, mais rien ne m'ennuie non plus. Ça m'est égal, comprends-moi... égal ! c'est-à-dire que cela ne me fait ni chaud ni froid, là. Je regarde avec mes yeux dans la vie, j'écoute avec mes oreilles, je raisonne avec ma tête, et puis ça me donne ce que ça me donne. Je ne cherche même pas si j'éprouve du plaisir ou de l'ennui, je ne tiens pas plus à m'amuser qu'à m'ennuyer. Tout glisse et coule sur moi, je ne désire rien, je suis satisfaite de ce qui arrive. S'il faut que je reste vieille fille, vive sainte Catherine ! S'il faut que je me marie, vive M. le Maire !

Mme LABOSSE. — Mais, au point de vue du mariage, tu as bien une idée ?

ALICE. — Aucune. Laquelle veux-tu que j'aie, puisque je ne sais pas ce que c'est ?

Mme LABOSSE. — Sans doute. Mais tu as un idéal ?

ALICE. — Quel idéal ? L'idéal... Un mot que je n'ai pas compris.

Mme LABOSSE. — Tu nies l'idéal ? toi, notre Alice !

ALICE. — Je ne le nie pas. Je te dis que je ne sais pas ce que c'est.

Mme LABOSSE. — Tu es effrayante, Alice ! Des gens qui ne nous connaîtraient pas croiraient que nous t'avons élevée en dehors de toute...

ALICE. — Tu le sais, toi, maman, ce que c'est que l'idéal ?

Mme LABOSSE. — Si je le sais !

ALICE. — Définis-le-moi.

Mme LABOSSE. — Que je te...

ALICE. — Définis-moi l'idéal.

Mme LABOSSE. — C'est l'espèce de chose... supérieure... élevée... Tu demanderas à ton père.

ALICE. — Il n'en sait rien non plus, papa.

Mme LABOSSE. — Prends garde, mon enfant. Tu vas trop loin.

ALICE. — Je veux dire que personne ne sait ces choses-là ! Et puis je te le répète : ça m'est égal. Tout m'est égal.

Mme LABOSSE. — Mais enfin il y a des choses que tu aimes ?

ALICE. — Sur le moment, oui, mais ça ne me ferait rien d'aimer le contraire.

Mme LABOSSE. — Tu as des goûts ?

ALICE. — A peine, mais pas de préférences.

Mme LABOSSE. — C'est trop fort. Tu n'es

— Ta mère n'est pas comme toi, elle n'est pas parfaite.

pas sincère. Tu voudrais me faire monter à l'arbre.

ALICE. — Oh ! ma pauvre maman !

Mme LABOSSE. — Voyons, j'ai été jeune fille, moi aussi ! J'ai eu des succès au bal, ton père pourra te le dire ! Tu ne vas pas me raconter qu'il t'est indifférent d'épouser le premier venu ?

ALICE. — Absolument, totalement.

Mme LABOSSE. — Jeune, vieux, beau, laid, riche, pauvre... tout ça pour toi c'est la même chose ?

ALICE. — Non, ce n'est pas la même chose, mais je ne désire pas plus l'un que l'autre.

Mme LABOSSE. — Pourquoi ?

ALICE. — Parce que rien ne m'attire, pas même un homme, pas même un genre d'homme. Si j'épouse un blond pauvre, je me ferai en dix minutes à l'idée d'être la femme d'un blond pauvre, et ce sera acquis pour la vie. Si c'est un brun riche, même chose.

Mme LABOSSE. — Et si ton mariage tourne mal ? Si ton mari t'abandonne, te trompe ?

ALICE. — Je me ferai, en dix minutes, à l'idée d'être une femme abandonnée et trompée. Je te le dis, maman, je trouve que rien n'a d'importance, j'accepte tout ce qui arrive, chaque jour, le bon comme le mauvais. Ça m'est égal. Ne me taquine pas et sois gentille.

Mme LABOSSE. — Mais c'est monstrueux d'avoir une nature comme la tienne, mon enfant ! Et à dix-huit ans ! Tu te ménages un avenir...

ALICE. — C'est possible.

Mme LABOSSE. — Et tu ne souffres pas de te sentir monstrueuse ?

ALICE. — Je ne sens pas. Ça m'est égal.

Mme LABOSSE. — Tu me feras mourir de chagrin.

ALICE. — Ne dis pas d'enfantillages !

Mme LABOSSE. — Avec ce système, nous aimes-tu seulement, ton père et moi ? C'est à se le demander...

ALICE. — Oui, vous, je vous aime.

Mme LABOSSE. — C'est encore heureux. Et cependant, pourquoi nous aimes-tu ?

ALICE. — Mais... Parce qu'on m'a appris quand j'étais petite.

Mme LABOSSE. — Ce n'est que pour cela ?

ALICE. — Mais dame, oui, maman. C'est bien naturel, voyons. Si je ne savais pas, depuis dix-huit ans, que vous êtes mon père et ma mère, je vous trouverais un monsieur et une dame comme les autres, et ça me serait très désagréable de vous embrasser ! Et si on me demandait en vous montrant : « Veux-tu que ce monsieur et cette dame-là soient tes parents ? » Je répondrais : « Non, je n'y tiens pas. » Pourquoi me regardes-tu avec cette figure ? Il n'y a pas là de quoi te faire de la peine. Si on ne peut plus dire à sa mère ce que l'on pense !

Mme LABOSSE. — Tu as une façon d'être franche !...

ALICE. — Il me semble qu'il n'y en a pas deux.

Mme LABOSSE. — Tu as toujours raison. Mais, à présent, écoute-moi tout de même encore un peu, et dis-moi...

ALICE. — Ton jeune homme... tu y reviens ?

Mme LABOSSE. — Oui. Cela t'ennuie ?

ALICE. — Non, cela m'est égal.

Mme LABOSSE. — Peu importe... je sais ce que me commande mon devoir de mère : c'est de t'informer, aussi je t'informe, pour que tu saches où tu vas avec ce garçon.

ALICE. — Je t'écoute.

Mme LABOSSE. — Il est plutôt bien de sa personne, brun, ni fort, ni mince. Il s'exprime avec aplomb, — ah ! il n'est pas timide ! — il a l'air gai et pas méchant ; mais je crois qu'il n'a pas encore fini de se dissiper et qu'il donnera du fil à retordre à sa femme. Jolie fortune. Personnellement, soixante mille livres de rente, et deux millions à la mort de sa mère, dont il est le fils unique, comme toi, mon Alice, tu es notre fille unique... car tu sais bien que tout ce que nous avons te reviendra, et sois tranquille, va ! nous te ferons peut-être attendre moins longtemps...

ALICE. — Toujours tes pensées noires ! Ah çà ! maman...

Mme LABOSSE. — C'est fini. C'est en passant. Eh bien, qu'est-ce que tu en dis ?

ALICE. — Rien. Je verrai. Vous verrez.

Mme LABOSSE. — Tu ne m'interroges pas sur lui ? Tu n'es pas plus curieuse que cela ?

ALICE. — Non. D'ailleurs, nous ne sommes pas pressés. Quand le verra-t-on ce prodige?

Mme Labosse. — Quand tu voudras. Je pense qu'il viendra demain à la maison. Tu n'as qu'à te trouver là, comme par hasard, à ton piano.

Alice. — Non, je veux avoir l'air de me trouver là exprès, pas par hasard.

Mme Labosse. — Tu seras gentille avec lui, même s'il te déplaît? Tâche de montrer que tu es une jeune fille bien élevée. Fais-nous honneur.

Alice. — Sois donc tranquille.

Mme Labosse. — Tu sais que j'ai vu sa mère, hier. Ah! elle est très bien, tout à fait bien. Ton père et moi nous avons causé une bonne heure avec elle. Elle nous a fait visiter tout son hôtel, du haut en bas, elle ne nous a fait grâce de rien, elle nous a offert du frontignan. Elle a été charmante. Et puis, un cabinet de toilette d'un luxe! Comme une grande actrice. Je suis sûre que Mme Sarah Bernhardt elle-même...

Alice. — Son fils était-il là?

Mme Labosse. — Non, il dressait un cheval, une bête très dangereuse, paraît-il. Et quand ça se met à être mauvais, un cheval, ça s'y met bien. Elle nous a parlé du jeune homme : « Paul est épris, très épris. » Et puis non, tu n'as pas idée des tableaux qu'il y a chez elle!

Alice. — De beaux tableaux?

Mme Labosse. — Ordinaires, mais une quantité! Et des bronzes! On s'y cogne. Elle nous l'a dit d'ailleurs : « Tous les bronzes de Barbedienne, je les ai. » Tous, Alice, tu penses!

Alice. — Oui, ça doit être affreux.

Mme Labosse. — As-tu peu de goût, ma mignonne!

Alice. — Tu veux dire que nous n'avons pas le même. Allons, petite maman, je t'aime bien, mais je vais te renvoyer, parce qu'il commence à se faire tard.

Mme Labosse. — Je m'en vais. Ne lis pas trop au lit. Qu'est-ce que tu lis là? (*Elle regarde le livre posé sur une table près d'elle.*) *Les fleurs du Mal?* Des vers, alors c'est convenable. Où l'as-tu pris?

— Je suis sûre que c'est ce grand garçon qui était l'autre soir a l'Hippodrome.

Alice. — C'est papa qui me l'a prêté.

Mme Labosse. — Un dernier mot. Je ne peux pas prévoir, pas plus que toi, ce qui va résulter de tous ces projets en l'air; mais si ça ne se fait pas, tu ne seras pas malheureuse de rester avec tes vieux parents, dis?

Alice. — Mais non, maman.

Mme Labosse. — Tu n'as pas le cœur sec? Ce serait si laid de ne pas nous aimer, moi surtout qui t'aime tant! qui ne pense qu'à toi. Tiens, à la seule idée qu'un homme, aussi distingué serait-il, avec un titre, et couvert de bijoux! ça serait-il un prince! pourrait te rendre la vie dure, eh bien, j'en suis malade. Je te parais ridicule?

ALICE. — Non. J'ai tant l'habitude que tu m'adores !

Mme LABOSSE. — Réfléchis bien, regarde, observe, étudie le jeune homme avec attention. En somme, si tu n'es pas dans les nuages, comme les autres jeunes filles, c'est peut-être un mal pour un bien ; de cette façon, tu ne te laisseras pas jeter de la poudre aux yeux. Fais-le causer dans les petits coins. Au premier abord, je ne le crois pas très religieux, bien qu'il ait cinq ans rue de Madrid. Va-t-il seulement à la messe ? J'ai peur que non. On dira ce qu'on voudra de la religion, elle est précieuse. Ainsi, moi, si je ne l'avais pas eue, dans bien des circonstances...

ALICE. — Laisse donc. Tu ne commets jamais de péchés, toi ! Tu fais perdre son temps à ton directeur. Je me demande ce que tu peux avoir à lui raconter à confesse.

Mme LABOSSE. — Un tas de petites choses tout de même, va. Ta mère n'est pas comme toi, elle n'est pas parfaite. Allons, bonsoir.

ALICE. — Bonsoir, maman.

Mme LABOSSE. — Je suis agacée, fiévreuse... avec des idées tristes. Chaque fois qu'il y a quelque chose d'en train pour toi, je suis ainsi. Tu ne m'en veux pas ?

ALICE. — Mais non. Seulement, tu as tort. Sois calme. Regarde : moi, je suis calme.

Mme LABOSSE. — Oh ! toi, parbleu !

ALICE. — Est-ce que ça n'est pas préférable ?

Mme LABOSSE. — Si. Et pourtant je ne sais pas. Les jeunes filles d'aujourd'hui, je vous admire et je vous trouve un peu inquiétantes. Nous autres, à vos âges, nous n'étions pas comme vous. Nous rêvions, nous aimions la polka, les lanciers, nous pensions à l'avenir, nous nous faisions un mauvais sang !... enfin nous étions plus heureuses, nous en avions l'air du moins ! Je me rappelle, moi, la première fois que j'ai vu ton père, il était très élancé dans ce temps-là, comme sur sa petite photographie... Il portait ses cheveux tout plats... mais je sens que je ne t'intéresse pas. Bonne nuit, ma fillette. Tu es chez toi ici, tu sais, et la maîtresse, la seule. A demain.

ALICE. — A demain, maman. (*Mme Labosse sort.*) Je suis sûre que c'est ce grand garçon qui était l'autre soir à l'Hippodrome avec une drôle de dame. (*Un temps.*) Une dame joliment bien habillée. (*Un temps.*) Un bout de « Je vous salue, Marie » ? Oui, tout de même.

— ET MAINTENANT, MON CHAT, TU N'AS PLUS RIEN A APPRENDRE.

V

LIQUIDATION DE BOBETTE

PAUL COSTARD; BOBETTE LANGLOIS.

Chez Bobette. Dans son petit hôtel de la rue Prony. Ils ont fini de déjeuner, vers les trois heures de l'après-midi.

COSTARD. — Et maintenant, mon chat, tu n'as plus rien à apprendre. Ton Paul est agréé, il plaît, il épouse la demoiselle de l'Hippodrome! Rappelle-toi que tu m'avais défié? Faut jamais défier le monsieur. Tu t'en aperçois aujourd'hui. Nous allons donc nous espacer; mais je t'ai aimée tout de même, tu as été une bonne camarade; aussi, rassure-toi, je ne suis pas une brute, et je ne t'oublierai pas. Je me conduirai comme un seigneur. Et la preuve, tiens, — je préfère te l'annoncer tout de suite, — c'est que j'ai l'intention de me pressurer pour toi de cent mille balles. Dis que c'est un joli plat sucré, et embrasse-moi.

BOBETTE. — Alors ça continue, cette plaisanterie? Tu sais que je ne la trouve pas drôle.

COSTARD. — Pas une plaisanterie, mon Toto, c'est la vérité, la pure vérité.

BOBETTE. — Tu vas épouser Mlle Labosse?

COSTARD. — Il en est fortement question. Les bans sont publiés.

BOBETTE. — Et, dans ce cas, tu vas me quitter?

COSTARD. — Un peu. Toi-même, tu as ta dignité. Tu comprends bien que, si je me marie, je n'ai pas besoin de deux femmes. Tu hausses les épaules. Pourquoi les hausses-tu?

BOBETTE. — Parce que tu n'as pas le sens commun. Ah çà! est-ce que tu t'imagines que je vais te laisser faire une pareille sottise?

COSTARD. — Si ça me plaît de la faire!

BOBETTE. — Voilà bien les hommes! Vous ne pensez qu'à vous. Mais ta mère a donc les yeux crevés de te laisser te marier dans de pareilles conditions! Et les parents de cette petite, ils n'ont donc pas été aux renseignements, qu'ils t'accordent leur enfant du premier coup, comme un morceau de pain! Ils ne te connaissent donc pas! Ma parole, c'est à croire qu'ils ont vécu jusqu'ici dans des armoires! Conseille-leur de venir me trouver, je leur en donnerai, moi, des renseignements et des bons!

COSTARD. — Peut-on savoir?...

BOBETTE. — ... Ce que je leur dirai? « Ah! regardez-y à deux fois, mes bonnes gens, avant de le prendre, parce que je l'ai pratiqué, moi, le modèle! Voilà trois ans que je l'ai dans les jambes, je le sais par cœur; eh bien, il est fait pour se marier comme moi pour être lectrice de la reine d'Angleterre, et il rendra votre fillette malheureuse... pire qu'un petit cheval! » Voilà ce que je leur dirais à tes futurs beaux-parents! Et que ça les toucherait, donc, et qu'ils m'écouteraient! et qu'ils penseraient dans leur à-part : « Cette dame a peut-être été quelquefois à côté des mœurs, c'est bien possible, mais, pour sûr, elle s'exprime carrément et ça n'est pas une oie. »

COSTARD VA OUVRIR A UN SUPERBE CANICHE NOIR.

COSTARD. — Tu as fini?

BOBETTE. — Je commence. Et puis ouvre donc à Arcachon qui gratte à la porte. (*Costard se lève et va ouvrir à un superbe caniche noir qui vient s'asseoir entre eux deux.*) Voyons, pourquoi veux-tu te marier? Je te prie de me l'expliquer.

COSTARD. — Parce que c'est épatant. Moi-même ça m'épate. Et puis, une jeune fille, une vraie jeune fille! Vous autres, vous ne pouvez pas vous rendre compte de ce que ça nous repose!

BOBETTE. — Mais, au contraire, animal, je me rends très bien compte. Et c'est justement pour cela que je te dis que tu ne mérites pas de te marier, que tu n'en es pas digne. C'est bon pour d'autres que toi, pour des garçons pauvres, des jeunes gens qui ont un bureau. Y as-tu réfléchi cinq minutes, je te le demande! Tu n'as aucune des qualités nécessaires dans un intérieur. Chaque jour, quand pour moi, moi enfin, moi ta maîtresse, tu ne fais pas la plus petite concession, le plus léger sacrifice, est-ce que tu t'imagines par hasard que tu vas les faire pour ta femme? Tu es ridicule.

COSTARD. — Pas la même chose. Tu n'es pas une femme honnête, toi!

BOBETTE. — Je le sais. Mais, après tout, qu'est-ce qu'elles ont de plus que nous, tes femmes honnêtes?

COSTARD. — L'honnêteté.

BOBETTE. — Pour ce qu'elle leur dure!

COSTARD. — Elles l'ont toujours eue à un moment donné.

BOBETTE. — Moi aussi à ce compte-là! Mais réponds-moi. Tu trouves donc bien des avantages à être un mari?

COSTARD. — Une flotte : Ma femme est très riche, d'abord...

BOBETTE. — Elle te coûtera plus cher que ta maîtresse.

COSTARD. — Elle m'apportera ses relations, ses...

BOBETTE. — Je la défie d'en avoir plus que moi, des relations !...

COSTARD. — Et puis surtout de la tendresse, un foyer... Voilà le gros point qui me trottait depuis quelque temps !

BOBETTE. — Un foyer ! Tu me fais rire. Est-ce que tu ne l'as pas ici, chez moi, le seul foyer qui te convienne ? Moi, mes amies, les copains, Rosa qui t'ouvre la porte, Arcachon qui te lèche dès que tu entres. Le voilà ton foyer !

COSTARD. — Pas suffisant.

BOBETTE. — Qu'est-ce que tu veux de plus ! que j'invite Carnot ? Dis-le, je l'inviterai.

COSTARD. — Il trouverait un prétexte pour ne pas venir...

BOBETTE. — Laisse-moi donc, tiens ! je suis bien bête, après tout, de me débattre pour Mlle Labosse, et de prendre en main ses intérêts. Je la vois d'ici ta jeune fille ! Quoi que tu en dises, elle ne t'apportera que des ennuis et, au bout de huit jours, tu en auras soupé. Sa beauté, sa petite fraîcheur, son innocence de pimbêche, tu casseras ça dans tes doigts comme une allumette. Je vous donne une semaine pour bafouiller, mes trésors, et puis vous commencerez à vous déplaire. Alors si elle ne t'aime pas, je te plains, mon cher ami !

COSTARD. — Et si elle m'aime ?

BOBETTE. — Je la plains. D'ailleurs, ces pauvrettes-là, ça sort de sa jupe de bal, ça n'a rien vu, ça ne connaît que son nez, est-ce que c'est capable de prendre un homme, de le garder, de le visser, de le mater, de le faire filer droit, par le sentier où l'on veut ? Allons donc ! Vous voilà tous les deux revenus de Venise, après la noce ; une fois installés dans votre appartement, avec les cadeaux affreux qu'on vous a donnés que vous n'auriez jamais choisis, à quoi passez-vous votre temps ? qu'est-ce qu'elle te raconte ? qu'est-ce que tu lui récites ? qu'est-ce vous fichez toute la sainte journée ?

COSTARD. — Je lui dis qu'elle est bien mignonne, que je l'aime, et je le lui prouve.

BOBETTE. — Exactement comme avec moi alors ?

COSTARD. — Dame ! que veux-tu ! pas de ma faute s'il n'y a qu'une seule manière...

BOBETTE. — Pourquoi te maries-tu puisque tu reconnais que c'est la même chose ?

COSTARD. — Parce que ça me fait plaisir pour l'instant, parce que ça me changera de dire la même chose à une gentille créature qui me croira sur parole, parce que je n'ai pas prononcé de vœux le jour où je t'ai délacée pour la première fois, parce qu'il faut se marier, nous autres, les bons noceurs, pour rajeunir et secouer ce vieux mariage qui se lézarde, et puis que c'est coutume assez répandue sans laquelle ce bas monde finirait.

BOBETTE. — Ineptie ! Papa et maman n'étaient pas mariés. Pourtant j'existe.

COSTARD. — C'est vrai. Mais tout le monde ne peut pas être Bobette Langlois. Crois-moi. Assez déclamé là-dessus. Mon parti est bien pris et tu sais si j'ai le caillou dur ! Je t'ai promis que tu aurais tes cent mille francs, tu les auras, seulement sois raisonnable, et ne me mange pas la cervelle avec ta morale, pour notre déjeuner d'adieu. J'admets qu'on ne se sépare pas sans douleur d'un garçon comme moi, mais...

BOBETTE. — Oh ! tu n'y es pas ! Ce n'est pas ça qui m'inquiète ! Je suis sûre que tu plaqueras ta jeune femme, avant six mois, et que tu reviendras. Par exemple, ce jour-là je t'enverrai paître !

COSTARD. — Ça ne m'arrivera pas. Mais au cas où ça aurait lieu, non, Bobette, ne dis pas que tu m'enverrais paître.

BOBETTE. — A supposer que tu aies raison et que je te reprendrais, reconnais alors que ce n'est vraiment pas la peine, si on doit en finir par là, de lancer des invitations, de déranger le monde, et de faire venir un archevêque pour l'absoute ?

COSTARD. — Tu m'embêtes !

BOBETTE. — Ah ! sois poli si tu veux que nous causions. Jamais un homme ne m'a manqué...

COSTARD. — Pas besoin de me le dire, on le sait.

BOBETTE. — ... Manqué de respect.

COSTARD. — Tu m'étonnes. Tu m'étonnes beaucoup !

BOBETTE. — Commence donc par ne pas crier si fort. Les domestiques !

COSTARD. — Je me tape des domestiques ! Ça n'existe pas pour moi : Je ferais tout devant eux. Ils ne sont pas des êtres.

BOBETTE. — Quel homme! A-t-on jamais vu! (*Le chien, qui voit Bobette en colère, aboie.*) Arcachon! taisez-vous, sale bête! (*Elle se lève et se met à marcher fiévreusement à travers la salle à manger.*) Allons, allons, patience! on va rire! on va voir ce qu'il donnera, ce mariage. Dix francs, tu m'entends, je ne les risquerais pas sur cette retourne, si peu j'ai confiance.

COSTARD. — Moi je mets cent mille, et j'y gagne.

BOBETTE. — Ah çà! tu n'as pas bientôt fini de me les faire sentir. Quoi? Tu ne te conduis pas comme un goujat. Voilà tout. Je sais ce que c'est que cent mille francs, mon Dieu! tu n'es pas le premier qui me les donne.

COSTARD. — Ni le dernier.

BOBETTE. — Ni le dernier, j'y compte bien! Ainsi ne m'en parle plus. Tu fais ce que tu dois, je te remercie, nous sommes quittes. Alors, raconte-moi. Maintenant je suis calmée. Je m'y fais petit à petit. Ah! que l'amour est drôle! C'est dans longtemps que tu te maries?

COSTARD. — Le plus tôt possible.

BOBETTE. — Où ça?

COSTARD. — A Paris. Où veux-tu que ce soit? Au pôle Nord?

BOBETTE. — Je voulais dire : à quelle église? Philippe-du-Roule?

COSTARD. — Non, Augustin.

BOBETTE. — Et j'espère que ça sera chic, au moins?

COSTARD. — Tu peux te fier à ton serviteur.

BOBETTE. — J'irai te voir, dans un coin.

COSTARD. — Je m'en moque, tu seras plus gênée que moi.

BOBETTE. — Moi, gênée? Ah! jeune homme, comme tu me connais mal! Mais c'est-à-dire qu'en dedans je me tordrai et que je me paierai ta tête pendant que tu porteras ton cierge. Tu penseras un peu à ta Bobette?

COSTARD. — Je ne crois pas. Il est probable que je serai abruti, et que je ne penserai à rien. Les amis, qui l'ont déjà enduré, m'ont dit ça. Ils m'ont dit : « Tu peux pas t'imaginer... l'orgue, les fauteuils de velours, les plantes vertes, les grelots pendant la messe, tout le tremblement; on a mal au cœur et on est abruti. Ça ressemble au trac qu'on a quand on passe ses examens! »

BOBETTE. — Ah! mon pauvre chou! Mais tant pis pour toi. C'est bien fait. Enfin, espérons au moins que tu n'auras pas d'enfants!

COSTARD. — Pourquoi cette peur des enfants?

BOBETTE. — Je me mets à la place de ta mère.

COSTARD. — Tu es gracieuse, pourtant ça ne m'arrête pas; je serais assez content, au contraire, d'avoir des petits Costard.

BOBETTE. — Qu'est-ce que tu en ferais?

COSTARD. — Des types, des enfants nouveau jeu, qui ne s'embêteraient pas sur le globe.

BOBETTE. — En voilà qui auront de l'agrément! Tiens, décidément, tu es complet, tu es mûr pour la mairie. Va te marier, va, mon garçon, va!

COSTARD. — J'y cours, en effet.

BOBETTE. — Mais, auparavant, écoute bien ce que je te prédis : Nous autres, les *créatures*, comme on nous appelle, nous savons mieux que personne les dessus et les dessous du mariage, ce qu'il est et ce qu'il vaut, puisque c'est chez nous que les maris des autres viennent se distraire et passer leur temps de libre. Le mariage, nous le voyons de la coulisse, nous le connaissons dans les coins, quelquefois c'est nous qui le rafistolons; nous sommes donc très armées pour le juger, pour déclarer à un particulier sans nous enfoncer le doigt dans l'œil : « Marie-toi ou ne te marie pas. » Aussi, quand on suit notre conseil, on ne s'en trouve pas toujours mal. Tu n'as pas voulu suivre le mien. A ta guise. Tu t'en repentiras, tu marches droit à un tas d'affaires et de drames qui vont te mouvementer la vie, et je te répète ce que je te disais tout à l'heure : avant six mois, Paul Costard sonnera à ma porte...

COSTARD. — Tu m'amuses.

BOBETTE. — Seulement, Paul Costard ne me trouvera pas, parce que je serai par-

— Commence donc par ne pas crier si fort. Les domestiques !

tie. Oui, je vais profiter de ta lune de miel, et des cent mille, — tu vois que je ne t'en veux pas, puisque j'en reparle la première, — pour aller me balader en Amérique, voir un peu de près ces marchands de cochons qu'on prétend si grossiers et si riches. Voilà. En partant, j'emmènerai seulement avec moi Rosa et Arcachon, mais peut-être qu'en revenant nous serons quatre. Tout est possible.

COSTARD. — Je te le souhaite.

BOBETTE. — Merci. Quand m'as-tu dit déjà que ton notaire viendrait ?

COSTARD. — D'ici une huitaine, il est prévenu. Tout ça est arrangé. Maman a été très bien. Je croyais qu'elle ferait la grimace. Pas du tout.

BOBETTE. — Tu n'as pas besoin... Je sais bien que ce n'est jamais du côté de ta mère que j'aurais eu des ennuis. Si tu le juges à propos, je te permets de la remercier en mon nom.

COSTARD. — J'y songerai. Adieu, Bobette. Viens, que je t'embrasse. Je garderai tout de même un bon souvenir de toi, tu sais.

BOBETTE. — J'y compte bien. Tu ne dis pas adieu à Arcachon ?

COSTARD. — Mais si, Arcachon, Arcachon ! bonsoir, vieux bonhomme ! vieille canaille ! Là. Bonsoir. Bonsoir. (*Il s'apprête à sortir.*)

BOBETTE, *le rappelant.* — Paul, écoute donc. Voyons... imbécile... tu ne peux pourtant pas t'en aller comme ça... C'est trop froid !... après trois ans...

COSTARD, *se ravisant.* — Allons, je veux bien. L'étrier !

(*Ils passent dans la pièce voisine.*)

— Eh bien, mademoiselle ?

VI

PAUL COSTARD FAIT SA COUR

PAUL COSTARD ; Mlle ALICE LABOSSE

Chez les Labosse, le soir, dans la serre où on les a laissés seuls après dîner.

Costard. — Eh bien, mademoiselle ?

Alice. — Eh bien, monsieur ?

Costard. — Voilà déjà cinq jours que nous nous voyons ?

Alice. — Cinq jours.

Costard. — C'est énorme.

Alice. — Comment l'entendez-vous ?

Costard. — Je veux dire que le premier pas est fait, que nous ne sommes plus des étrangers l'un pour l'autre. Vous me connaissez, je vous connais...

Alice. — Pourtant nous ne nous connaissons pas.

Costard. — Affaire de temps, de bien peu de temps.

Alice, *avec un soupir.* — C'est vrai. (*Un silence.*)

Costard. — A quoi pensez-vous ?

Alice. — Je pense que dans un mois vous allez être mon mari.

Costard. — Ah ! il n'y a pas à dire, je le serai. Et qu'éprouvez-vous à cette pensée, voyons ? avouez-le-moi ?

Alice. — J'éprouve... j'éprouve....

Costard. — De l'étonnement ?

Alice. — Pas du tout. Je m'y attendais. Depuis un an je sais que cela devait finir ainsi. Une jeune fille, c'est mis au monde pour être la femme de quelqu'un. Il se trouve que c'est vous... va pour vous !

Costard. — Je l'espère bien !

Alice. — Non, je pense comme cela tient à peu de chose... moins qu'à un petit cheveu... que deux êtres plutôt que deux autres soient unis pour la vie entière. La première fois que vous m'avez été présenté, si j'avais déclaré le soir à mes parents : « Ce monsieur est charmant, mais il a des oreilles qui me déplaisent, ou une forme de pieds qui m'est pénible ; remportez-le, je n'en veux pas. » Eh bien, vous ne seriez pas là, près de moi, aujourd'hui. Au contraire, je n'ai rien dit, et voilà que vous êtes là, près de moi, en ce moment ; et que dans un mois nous nous tutoierons... C'est singulier ! Il me vient même à ce propos des idées...

Costard. — Dites-les.

Alice. — J'ai beau me rabâcher que les choses ne se passent pas autrement pour toutes les jeunes filles, il me semble que mon cas est unique, et je ne peux pas croire que cela soit arrivé à mes parents... Non, je ne parviens pas à me représenter papa et petite mère, il y a vingt-deux ans, assis comme vous et moi, dans une serre, et : oh ! monsieur... oh ! mademoiselle... Non, je ne vois pas ça du tout.

COSTARD. — Vous vous laissez aller à votre imagination.

ALICE. — Moi? Dieu non! j'aime à me rendre compte, voilà tout!

COSTARD. — Moi, je n'en cherche pas si long. Voulez-vous savoir ce que je me dis?

ALICE. — Allez, nous sommes là pour causer.

COSTARD. — Je dis que vous êtes une très gracieuse, une très charmante...

ALICE, *l'arrêtant.* — Oh! non... plus à présent! C'était bon au bal, pendant le cotillon, ces compliments-là! Aujourd'hui, nous ne dansons plus, nous nous marions. Ainsi, cessez.

COSTARD. — Vous êtes sévère. De quoi voulez-vous que je vous parle si ce n'est de vous?

ALICE. — De moi, mais autrement.

COSTARD. — Je vous dis ce que je pense.

ALICE. — Gardez-le.

COSTARD. — Vous ignorez donc, mademoiselle, que vous êtes en train d'opérer en moi une révolution?

ALICE. — Les révolutions ne durent pas.

COSTARD. — La mienne durera. Je me sens tout amélioré depuis que je vous approche. Ne me jugez pas sur ce qu'on a pu vous raconter de moi, parce que je deviens un Paul Costard tout neuf.

ALICE. — Moi, je ne peux pas vous en dire autant, je me sens toujours la même, je crois que je suis telle quelle une fois pour toutes.

COSTARD. — J'y compte bien. Est-ce que je vous plais un peu?

ALICE. — Jusqu'à présent, vous ne me déplaisez pas. Tâchez que ça se prolonge.

COSTARD. — Je tâcherai. Du reste, j'ai assez de confiance, et j'imagine que nous nous accorderons. Je ne suis pas exigeant, ni despote, je suis un assez bon garçon.

ALICE. — C'est comme moi. Pourvu qu'on fasse un peu ce que je veux, je suis toute prête à obéir. Il faut vous rappeler que j'ai été abominablement gâtée, comme une fille unique!

COSTARD. — Pas plus que votre serviteur.

ALICE. — Si nous avons des enfants, nous les élèverons mieux que nous, hein?

COSTARD. — Cela ne sera pas difficile. Naturellement, je ne parle que pour moi.

ALICE. — Nous verrons plus tard, nous n'en sommes pas encore là. Qu'est-ce que vous savez faire? Racontez-le-moi.

COSTARD. — Ce que je sais faire?

ALICE. — Oui... vos talents. Savez-vous monter à cheval, mais j'entends : monter là... en monsieur tout à fait.

COSTARD. — Oui. Je peux dire que je monte en monsieur tout à fait.

ALICE. — Moi aussi. Savez-vous patiner?

COSTARD. — Oui, mademoiselle.

ALICE. — Moi aussi. Savez-vous écrire?

COSTARD. — Ecrire?

ALICE. — Ecrire en patinant? Moi, je trace avec mon patin tous les signes du zodiaque.

COSTARD. — Ah! je n'en suis pas encore si loin.

ALICE. — Tant pis. Je vous apprendrai. Savez-vous dessiner?

COSTARD. — J'ai fait des nez à Louis-le-Grand, il y a vingt ans. Ils étaient très mous, mes nez. Ils manquaient de cartilages.

ALICE. — C'est peu. Et peindre?

COSTARD. — Je ne sais pas non plus. Les couleurs, ça salit, c'est malpropre. Ça ne fait un peu d'effet qu'une fois sur les tableaux.

ALICE. — Nager?

COSTARD. — Oui.

ALICE. — Loin, loin, bien loin?

COSTARD. — Je n'irais pas à New-York.

ALICE. — Mais traverseriez-vous la Seine?

COSTARD. — A pied, quand elle est prise, oh! très aisément.

ALICE. — Vous n'êtes pas sérieux. Quoi encore? Danser, je ne vous en parle pas, vous dansez bien.

COSTARD. — Merci.

ALICE. — L'escrime?

COSTARD. — Oh! ça, l'escrime! De premier ordre. Pardon si j'ai l'air de me vanter. Mais de premier ordre.

ALICE. — Nous ferons des assauts, nous tirerons ensemble.

COSTARD. — Tant que vous voudrez.

ALICE. — Vous savez conduire?

Je pense que dans un mois vous allez être mon mari.

COSTARD. — Comme Phaéton : à deux, en tandem, à quatre... On n'a qu'à parler.

ALICE. — Etes-vous musicien?

COSTARD. — Pas pour un bémol. Je n'y entends goutte. Et cependant j'adore les ballets. Mais je déteste tous les instruments, tous, excepté un seul.

ALICE. — Je parie que je devine? Ce sont les castagnettes!

COSTARD. — Non. C'est la trompe. Je suis fou de la trompe, et quand j'en sonne, c'est comme quand je taille une banque, je ne peux plus m'arrêter. C'est si beau! Ainsi, à la campagne, j'en ai une collection, peut-être une trentaine. Il y en a de toutes les tailles, des grandes du temps de Louis XVI, des Dampierre, comme on les appelait, avec le pavillon bien évasé. Ah! oui, j'aime la trompe!

ALICE. — Vous m'en jouerez?

COSTARD. — Je vous le promets, le soir, quand le grand et le petit monde est couché, et qu'il fait nuit dans les bois. Vous verrez comme ça vous remuera.

ALICE. — Et la lecture? vous plaisez-vous à lire?

COSTARD. — Dans mon lit, ou bien en wagon.

ALICE. — Avez-vous un auteur préféré?

COSTARD. — Ma foi non.

ALICE. — Quels livres lisez-vous?

COSTARD. — Ceux que m'indique mon libraire, tout bêtement. Quand il me dit : « Tenez, prenez donc ça, monsieur, je suis sûr que ça vous ira comme un gant », je le prends.

ALICE. — Aimez-vous courir?

COSTARD. — Courir?

ALICE. — Oui, jouer, sauter, courir en plein air, sans chapeau. Moi j'aime assez, pas à Paris, non, à la campagne ou au bord de la mer. Vous l'aimez la mer, allons?

COSTARD. — Sans doute, mais c'est bien grand.

ALICE. — Et les montagnes? Avez-vous vu le mont Blanc?

COSTARD. — J'y suis monté, mademoiselle.

ALICE. — Votre impression?

COSTARD. — C'est bien petit.

ALICE. — Est-ce que vous jouez du piano?

COSTARD. — Je vous ai dit que je n'étais pas musicien.

ALICE. — Ça n'est pas une raison. Il y a une masse de gens...

COSTARD. — Oui, mademoiselle, j'y joue, j'en joue, avec un doigt. Je sais la gavotte de *Mignon* et la *Marche indienne* de Selle-nick.

ALICE. — Bravo! Allons, je vois que nous ne nous ennuierons pas pendant les longues soirées d'hiver.

COSTARD. — J'en suis sûr, mademoiselle, bien que vous ayez l'air de vous moquer un peu de moi. Mais peu importe... j'ai très bon caractère. Moquez-vous de moi!

ALICE. — Vraiment. Vous consentez? Oh! tant mieux! Il n'y a que cela qui m'amuse un peu! Encore autre chose : je parie que vous êtes chasseur?

COSTARD. — Grand chasseur, mademoiselle.

ALICE. — Tant pis, j'ai horreur de cela.

COSTARD. — Oh! pouvez-vous... Quel dommage! Moi qui vous voyais déjà dans un joli petit costume, avec un joli petit fusil, un joli petit chien..

ALICE. — Massacrant de jolies petites bêtes! Eh bien, non, il faut en faire votre deuil.

COSTARD. — Je le regrette, mademoiselle. Sans doute, la chasse est souvent cruelle, mais en somme... noble plaisir... passion princière.

ALICE. — Oh! ce n'est pas par sensiblerie. Je tire aux pigeons sans trembler. Non, la chasse, c'est du temps perdu, presque invariablement. Je n'aime pas le temps perdu. Ainsi, moi, je m'occupe toujours.

COSTARD. — A quoi, mademoiselle, si ce n'est pas indiscret? Car enfin vous venez de m'infliger là, à la minute, un interrogatoire assez complet. Si c'était mon tour à présent?

ALICE. — Interrogez.

COSTARD. — Eh bien, je vous interroge : à quoi vous occupez-vous?

ALICE. — Vous allez le savoir. Je vais vous dire le genre de vie qui me convient, le seul que j'aie jamais mené jusqu'ici et que je continuerai de mener, après mon mariage comme avant. Le matin, aussitôt réveillée, je lis les journaux dans mon lit, puis je pense à ce qui m'a été plutôt agréable la veille, à ce qui me sera plutôt agréable dans la journée ; je feuillette quelques livres de chevet, des poètes, des romanciers intimes, qui ne sont pas pour vous plaire et très peu dans votre genre. Tout cela me demande bien une heure au bout de laquelle je me lève et m'habille pour le matin d'une façon spéciale, selon le jour, la saison, le temps qu'il fait.

Costard. — Et vous êtes toujours très bien habillée, mademoiselle ; j'ai déjà eu l'occasion d'en faire la remarque.

Alice. — Je prends un peu de thé, et je sors — bien entendu pas seule, — soit à pied, au marché aux fleurs, soit à cheval, au Bois, dans la belle période ; soit dans les magasins, soit chez les fournisseurs, dans la mauvaise ; à midi, déjeuner, auquel j'apporte un très bel appétit, car je suis une mangeuse de pain.

Costard. — Tant mieux, moi aussi. Mais pardon ! au lieu de vous laisser continuer, voulez-vous me permettre de vous poser, sans suite et telles qu'elles me viendront, un tas de questions analogues à celles que j'ai subies tout à l'heure ? Je le préférerais, d'au-

— J'aimerai le mari s'il me fait aimer le mariage.

tant que l'instant approche où il va falloir nous quitter.

ALICE. — Je vous en prie, je répondrai franchement.

COSTARD. — Merci d'avance. Etes-vous pieuse?

ALICE. — Pas trop. Mais je n'aimerais pas ne pas l'être du tout ; et je suis très heureuse d'aller à l'église le jour où nous nous marierons. J'ai gardé une certaine petite tendresse pour ce qui touche à la religion. Trouvez-vous que j'aie tort?

COSTARD. — Non, je pense comme vous là-dessus, mais je l'aurais exprimé moins bien. Dites-moi : irons-nous à la messe plus tard? le dimanche?

ALICE. — Nous verrons. Ça dépendra de notre paroisse.

COSTARD. — A la bonne heure. Etes-vous très mondaine?

ALICE. — Qu'appelez-vous très mondaine? Si c'est sortir tous les soirs, non. Si c'est ne pas bouger de chez soi, oui. J'ai en toutes choses des goûts très sages, très modérés, — on vous l'a dit déjà — mais je dois avouer qu'il ne m'est pas désagréable de dîner en ville, et de me mettre en robe basse, et de parler à des gens spirituels.

COSTARD. — Etes-vous coquette, mademoiselle?

ALICE. — Non. Je sais que je suis toujours une des mieux.

COSTARD. — Modeste?

ALICE. — Ça dépend.

COSTARD. — Sentimentale?

ALICE. — Guère. Est-ce que cela vous contrarie?

COSTARD. — Ça me va beaucoup. Avez-vous le goût des choses prétendues sérieuses, intellectuelles?

ALICE. — Assez. Je suis satisfaite d'apprendre.

COSTARD. — D'apprendre... tout?

ALICE. — Le plus possible.

COSTARD. — Etes-vous gaie?

ALICE. — Ni gaie, ni triste. Je pleure quelquefois, je ne sanglote jamais. Je souris volontiers, je n'éclate jamais de rire. Le centre gauche.

COSTARD. — Bon caractère?

ALICE. — Je n'en sais rien. C'est vous qui le verrez.

COSTARD. — Etes-vous franche?

ALICE. — Franche brutale. Au point que je mentirais pour le plaisir de dire la vérité.

COSTARD. — Tant mieux.

ALICE. — Par exemple, très sceptique, très méfiante.

COSTARD. — Tant pis.

ALICE. — Adorant mes aises, d'une grande activité d'esprit et d'une grande paresse de corps. J'aime beaucoup les animaux, peu les hommes, pas du tout les femmes. En tout je me laisse faire, je me laisse vivre, je me laisserai mourir.

COSTARD. — Alors, vous vous laisserez aimer?

ALICE. — Sans doute.

COSTARD. — Et... rendrez-vous un peu de votre côté? Aimerez-vous le mari?

ALICE. — J'aimerai le mari s'il me fait aimer le mariage.

COSTARD. — J'en prends bonne note.

ALICE. — Etes-vous satisfait, commissaire-priseur que vous êtes? Avez-vous bien tous vos renseignements?

COSTARD. — Pour aujourd'hui, je m'en tiens là. Nous recommencerons la prochaine fois, si vous voulez?

ALICE. — Je ne dis pas non. Voilà maman qui vient me faire signe. A demain soir, monsieur.

COSTARD. — A demain soir, mademoiselle. (*Avec tendresse.*) Vous savez... je vous assure...

ALICE. — C'est bon, c'est bon. Montez-vous demain matin?

COSTARD. — Je monterai si vous montez.

ALICE. — En ce cas, à l'entrée des Poteaux, vers les dix heures et demie. Soyez gentil pour papa, et ne le faites pas trotter aussi fort que la dernière fois. Il n'a plus dix-sept ans, ce pauvre papa!

COSTARD. — Tout ce qu'il vous plaira. Nous irons à un pas d'agneau.

ALICE, *se levant.* — A demain, Roméo.

COSTARD. — A demain, Juliette.

Mme LABOSSE, *les abordant.* — Eh bien, mes enfants, n'est-ce pas que c'est le plus beau temps de la vie?

— C'est une affaire faite. Je vais avoir une femme.

VII

ADIEUX A LA VIE DE GARÇON

PAUL COSTARD; Le peintre MANTEL, trente ans; D'ARNAGE, trente-cinq ans.

Chez Costard, après dîner. Ils causent et fument.

Mantel. — Enfin ça y est.

Costard. — Ça y est. C'est une affaire faite. Je vais avoir une femme.

Mantel. — Quand entres-tu en fonctions?

Costard. — Dans quinze jours.

Mantel. — Irrévocablement?

Costard. — Irrévocablement. C'est dans quinze jours la première.

Mantel. — Et tu es content?

Costard. — Dame, oui.

Mantel. — Vas-tu assez t'ennuyer, mon pauvre vieux!

Costard. — Je m'ennuierai peut-être, mais je ne m'embêterai pas.

Mantel. — Oui, les premiers temps. Mais après?

Costard. — Après nous verrons. Nous chercherons dans les coins.

Mantel. — En attendant, tu es fichu pour nous. Voilà ce qu'il y a de sûr.

Costard. — Mais non. Pourquoi?

Mantel. — Parce que. Parce qu'on ne va plus te voir. Parce que tu ne viendras plus, comme tu faisais, fumer, une ou deux fois la semaine, une pipe dans mon atelier, parce que tu ne traîneras plus le soir avec les amis dans les bastringues, ou du moins pas tout de suite.

Costard. — Qu'en sais-tu?

Mantel. — Ou alors, si tu le fais, tu te cacheras. Tu prendras d'autres amis, des neufs, pour ne pas avoir l'air vis-à-vis de nous...

Costard. — Avec ça que je me gênerais!

Mantel. — Non, sans doute. Mais c'est nous qui te gênerions.

Costard. — Vous! Ah là là! Mais est-ce que vous comptez pour moi, tous les deux, toi et d'Arnage? C'est-à-dire que ma femme et moi nous ferons la fête avec vous, tous les quatre ensemble. Voilà, mes bons choux, ce qui va arriver. Pas autre chose.

Mantel. — Comme avec Bobette alors?

Costard. — Oh! permets. Avec plus de tenue, avec... avec toute la différence de... d'une grue à une femme du monde, quoi!

MANTEL. — J'entends. Mais sais-tu que ça ne sera pas très folichon pour nous, ces petites bordées ? Nous serons forcés de nous observer. Je ne pourrai plus dire tout haut ce que je pense, comme j'ai l'habitude.

COSTARD. — Tu penseras tout bas.

MANTEL. — A cause de ta femme, il faudra se constiper avec sa langue. Non, je n'en suis pas.

COSTARD. — Tu es un pur imbécile. Est-ce que tu t'imagines que j'épouse une fille à de Galles et qui nous la fera à la pose ? Une charmante jeune fille, une bonne fille que j'épouse ! et gaie, et camarade, et moderne. Je vais t'en donner une idée : elle joue des castagnettes.

MANTEL. — Si quelquefois elle avait besoin d'un tambour de basque, dis-lui que je m'offre.

COSTARD. — Merci ; mais je suis là.

MANTEL. — C'est égal, va, tu auras beau dire qu'il n'y aura rien de changé... Que si ! D'abord, quand nous serons avec ta femme, je ne pourrai pas amener mes modèles.

COSTARD. — Ça me paraît difficile. Maintenant, tu sais, ma femme le permettrait, que moi je n'y verrais personnellement aucun obstacle, aucun.

MANTEL. — Oui. Mais comme elle ne permettra pas, c'est inutile de t'en préoccuper. Nous inviteras-tu un peu souvent au moins ?

COSTARD. — Tant que tu voudras.

MANTEL. — Et encore ? Combien de fois m'inviteras-tu ?

COSTARD. — Tant que tu voudras ! Je m'esquinte à te le répéter. Tu n'auras pas de jour. Ton couvert sera mis, une fois pour toutes.

MANTEL. — Voilà précisément ce que je je ne veux pas. Non, non. Je le connais, le coup du couvert mis à tous les repas. Si on ne vient pas, on dit : « C'est un lâcheur ! » Si on ne vient qu'un peu, avec discrétion, on dit : « Il s'embête chez nous. » Si on vient souvent, on dit : « Il est de la famille ! » On en abuse alors, pour vous demander des tableaux, ça vous crée plus tard des obligations, des gratitudes d'estomac. Non, avoir ce qu'on appelle « son couvert mis dans une maison », j'ai horreur, horreur, horreur.

COSTARD. — Ça suffit. Ne crie pas. Tu n'auras pas ton couvert.

MANTEL. — A la bonne heure. Quand on me verra on me verra. J'irai à mon choix, je vous ferai des surprises. Et puis, c'est entendu que je me fendrai du portrait de ta femme, ça sera mon cadeau de noces.

COSTARD. — Tu es gentil. Comment le feras-tu ?

MANTEL. — Je ne peux pas encore te dire. Faut que je la connaisse et que je la voie dans l'air, et puis que je la sente là... dans les doigts. Alors, un matin, tout bêtement, elle m'arrivera au bout du pinceau, et je te sortirai Mme Costard, non, mais ne blague pas... que tu en deviendras bleu. Est-ce qu'elle a vu le portrait que j'ai fait de toi, ta femme ?

COSTARD. — Oui.

MANTEL. — Comment le trouve-t-elle ?

COSTARD. — Affreux. Elle m'a demandé pourquoi tu m'avais donné une joue lilas. Je lui ai répondu que je n'en savais encore rien à l'heure qu'il est, que c'était le reflet, l'ombre, enfin que tu avais vu ma joue comme ça. Elle n'a pas paru convaincue.

MANTEL. — C'est vrai, ce que tu racontes là ?

COSTARD. — Parole.

MANTEL. — Elle doit peindre, ta fiancée, allons, elle doit peindre ?

COSTARD. — Elle fait de l'aquarelle.

MANTEL. — Je l'aurais parié !

COSTARD. — Et rudement bien !

MANTEL. — Comme la mère Madeleine. Ça ne m'étonne plus si elle ne comprend pas ma peinture.

COSTARD. — N'est-ce pas ? Elle n'est pas la seule. Mais je compte tout de même que tu la feras. Réussie ou pas, ça me sera toujours agréable, parce que tu as un nom, et puis que, plus tard, est-ce qu'on sait ? ça pourrait avoir une grande valeur.

MANTEL. — Dans ce temps-là tu seras mort.

COSTARD. — Et toi aussi.

MANTEL. — Je l'espère. *(A d'Arnage.)* Toi aussi, d'Arnage, tu seras refroidi dans le temps que je serai accroché au salon carré

— La portière s'ouvr[illegible]t, effectivement, ma femme déballe.

du Louvre. Qu'est-ce que tu as donc, jeune muet ? Tu n'ouvres pas ta malle ?

D'ARNAGE. — Je pense.

MANTEL. — Fais savoir à quoi.

D'ARNAGE. — Tas de choses.

MANTEL. — Raconte.

D'ARNAGE. — Ça me fatiguerait. Tout à l'heure.

MANTEL. — Dis que tu es de mon avis et que c'est triste tout de même de voir un ami comme Paul qui s'apprête à faire la grande bêtise.

D'ARNAGE. — Peuh !

COSTARD, *à d'Arnage.* — Ah ! parbleu, tu es payé pour ne pas être partisan du mariage, toi ! Mais enfin ce n'est pas une raison parce qu'il ne t'a pas réussi pour l'interdire aux autres.

D'ARNAGE. — Je ne l'interdis pas, mon petit, je t'interdis rien du tout. Au contraire je t'y pousse ; oui, tu es trop écureuil naïf, t'as besoin de ça, d'avoir un peu de tangage dans ta vie, pour mieux apprécier ensuite... Ainsi, va donc, fais donc ton affaire... Dans six mois nous recauserons.

MANTEL. — Oui, je t'attends dans six mois, quand tu seras affaissé. Tu nous raconteras toutes tes scènes, tu viendras chez moi te faire rentoiler ; oh ! tu seras frais !

COSTARD. — Elle est drôle la blague, et vous me la faites très bien, mais ça ne prend pas, mes enfants.

D'ARNAGE, *à Costard.* — Je ne t'ai jamais raconté comment je m'en étais aperçu ?

COSTARD. — Aperçu de quoi ?

D'ARNAGE. — Que ma femme... patati... Non ?

COSTARD. — Non.

D'ARNAGE. — Ah ! c'est instructif.

MANTEL, *à Costard.* — Ecoute ça.

D'ARNAGE. — Eh bien, c'est un jour du mois de mai, vers les cinq heures, sur le Cours-la-Reine. Je demeurais alors rue Jean-Goujon. J'étais descendu de chez moi pour flâner. Un temps délicieux. Je fumottais... regardais passer les tramways... pas d'embêtements... quand je vois, à cent mètres, — vous savez que j'ai de très bons yeux, — un sapin qui s'arrête au coin de la rue François-Ier, et, comme le cocher ne s'y prenait pas assez vite, une main sort par la portière pour lui faire signe que c'était là, qu'il ne fallait pas aller plus loin, et moi, du premier coup, rien qu'à la façon dont elle remuait, je la reconnais, la main, et je pense : « Tiens ! c'est la main de Jeanne. » La portière s'ouvre, et, effectivement, ma femme déballe. Elle tourne la tête à droite, à gauche, elle paye avec un gentil petit sourire, et elle enfile la rue François-Ier pour rentrer à la maison. Ça vous amuse, bonnes gens ?

MANTEL. — C'est à Costard qu'il faut demander.

COSTARD. — Ça ne m'effraye pas. Continue.

D'ARNAGE. — On a beau être crétin, il y a des limites. Je me dis : « Bizarre tout de même qu'elle fasse arrêter là sa voiture, au lieu de descendre à la porte de la maison. Quoi ? Voyons ? Que ça veut dire ? Peur de deviner. Pourtant faut savoir. Alors je prends le trot, et en faisant un détour j'arrive près du cocher qui n'était pas reparti et qui comptait sa monnaie. « Dites donc, cocher ? — Monsieur ? — Avalez donc ça. (Et je lui colle un louis dans la paume.) Vous venez de conduire là une femme... une rudement jolie femme... (Je riais, je clignais de l'œil, j'étais très à la hauteur.) — Mais oui, monsieur. — Où l'avez-vous prise ? — Je la rencontre quelquefois dans le quartier. — Allons, dites-moi ça ? Où l'avez-vous prise ? — Dame, monsieur... — Soyez gentil, ne vous faites pas prier. — Soit, mais à condition que monsieur me promette que ce n'est pas pour des ennuis... D'ailleurs on connaît le monde, je vois bien que monsieur est un garçon qui cherche, qui aime à rigoler et avec qui il n'y aura pas d'histoires. Eh bien, je peux le dire à monsieur, voilà deux mois que je conduis cette dame, tous les jours c'est moi qui la mène : chaque fois je l'attends à un endroit différent. — Ah ! Et où ça la menez-vous ? — Un peu partout. Elle se balade. Elle fait sa noce, quoi ? Voilà tout ce que j'en sais. Ça, pour sûr, je vous le dis, vous pouvez y aller carrément, c'est une personne qui s'amuse. Je crois qu'elle demeure rue Jean-Goujon, au 6 ou au 8. — Merci, et... et savez-vous si elle est mariée ? — Jamais, monsieur. Faudrait que le mari soit moule. Non, pour moi, doit y avoir un vieux. D'ailleurs, quand monsieur voudra avoir des renseignements, voilà mon adresse, monsieur n'a qu'à faire comme cette dame, qu'à envoyer une dépêche : cocher Renaud, place d'Italie, j'accours. Et maintenant, j'ai la parole de monsieur qu'il ne me fera pas avoir des ennuis. Cette dame me paye bien et je suis père de famille, j'ai besoin de gagner ma vie. Monsieur ne voudrait pas ma perte? » Je lui ai promis tout ce qu'il a voulu et je suis rentré.

COSTARD. — Et alors, chaude explication?

D'ARNAGE. — Moi? Je n'ai pas pipé. Comme à l'ordinaire : « Bonjour, chérie. — Bonjour, trésor. — Va bien? — Vais bien. — Quoi n'a fait l'enfant aujourd'hui? — Oh ! n'a fait des courses ben ennuyeuses, n'a été au Louvre, chez sa couturière, n'avait ben grande hâte de rentrer près de son Toto qu'elle aime, mais qu'elle aime, oh ! comme elle l'aime ! » Et cætera, et cætera. La blague usuelle.

MANTEL. — Et elle ne s'est aperçue de rien? T'as eu la force de ne pas lui faire la tête?

D'ARNAGE. — Paraît. Pendant le dîner, il y a bien eu un moment où tout ça... je n'avais pas une faim de loup, et le pain ne passait guère.... je ne mangeais que la croûte. Et il a fallu voir alors ce qu'elle a été aux petits soins ! Non... je n'étais pas précisément gai comme un pinson, et cependant ça me fichait presque envie de rire. Mais dame, à partir de ce jour-là, je tenais le bon bout, je me suis rattrapé... oui, oui... et si j'ai un petit peu attendu avant de la sangler, je vous garantis qu'elle n'a rien perdu pour attendre.

COSTARD. — Et, à présent que tu es divorcé, qu'est-ce qu'elle fait?

D'ARNAGE. — Je ne sais pas. Elle va et vient.

MANTEL. — Disons qu'elle circule.

D'ARNAGE. — Ça m'est égal. Et si vous saviez comme j'ai la paix, aujourd'hui, la sainte paix ! Pas de parents, plus de femme, pas d'enfants, pas d'amis...

— ELLE ÉTAIT AUX PETITS SOINS...

MANTEL ET COSTARD. — Oh ! d'Arnage !

D'ARNAGE. — Vous êtes des camarades, mais une supposition que j'aurais la petite vérole noire... Me soigneriez-vous? Respireriez-vous mon haleine?

MANTEL. — Non.

COSTARD. — Non. J'aime mieux te l'avouer.

D'ARNAGE. — Vous voyez bien ! Je reprends. Pas d'amis... personne. Personne que moi dont j'aie à me soucier. Vous n'avez pas idée comme ça occupe et comme c'est agréable ! Avec mes quinze mille de rentes, j'ai arrangé ma vie d'une façon pas bête du tout. En plein Paris, rue Laffitte, j'ai une belle chambre, au rez-de-chaussée, avec un grand cabinet de toilette. Je paye ça quatre cent cinquante. Pas de contributions, pas de papiers verts qu'on reçoit, qui vous flanquent des émotions inutiles. Pas de domestique. Non. Rien qu'une femme de ménage, une perle, une bonne de curé qui vient le matin et s'en va à deux heures. Mes repas? Je les prends à deux pas, chez Verdier, où je suis traité comme un prince. Je fais ce que je veux, ce qui me plaît, je ne relève de personne. Je suis tout seul, et je trouve que ça suffit largement. Quand ça me dit de voir un camarade, je le vois ; quand ça ne me dit pas, chacun chez soi. Et puis, quand Paris m'assomme, je détale. Oh! pas avec des malles de cinquante mille francs et des cartons à chapeaux en maroquin du Levant. Non, comme un bon Yankee je voyage! En chemise de flanelle, un bon petit mou sur la tête, un complet résistant sur le torse, et une vigoureuse paire de lacées aux pattes. Et, à la main, pas autre chose qu'un petit sac dans lequel je précipite mon savon, ma brosse à dents et mon revolver. Avec ça, je trotte à des lieues d'ici, et je vois des bouts d'univers, des choses épatantes que vous ne verrez jamais de vos wagons! Croyez-moi! c'est la vraie vie, et je suis heureux, très heureux.

COSTARD. — Puisque tu es si heureux, pourquoi parais-tu toujours si triste?

MANTEL. — Oui, tu as constamment l'air de suivre ton enterrement. On ne te voit pas rire, blaguer. Tu es un drôle de corps.

D'ARNAGE. — Ça, c'est une autre affaire. Mais je suis heureux tout de même, en dedans. J'ouvre pas mes fenêtres. Voilà. (*A Costard.*) Et à quand les cérémonies, mon bonhomme? La date fixe?

COSTARD. — De jeudi en huit la mairie, vendredi l'église. Ça sera très chic. On a fini par décrocher l'évêque de Nancy.

MANTEL. — Ta mère le connaît?

COSTARD. — Non. Ni la famille de ma femme. C'est-à-dire que tous, nous ne l'aurons jamais tant vu, ce brave épiscope, que le jour de la fête.

D'ARNAGE. — Alors, comment...?

COSTARD. — Oh! je ne sais pas comment ça s'est arrangé. Par quelqu'un qui connaît quelqu'un... Enfin, il veut bien nous bénir. C'est tout de même chic à lui. Aussi, par exemple, il ne regrettera pas le déplacement. Ma mère lui allonge une crosse, oh! mais une massue de crosse épatante, avec des pierres... Une folie, vous savez! Rien que l'écrin on s'en ferait de l'argent. Enfin, on ne se marie pas tous les jours.

D'ARNAGE. — Oui, heureusement.

COSTARD, *à d'Arnage.* — Tu y viendras à mon mariage?

D'ARNAGE. — Cette question!

COSTARD. — A tout, à la mairie, à l'église, à la sacristie, au lunch!

D'ARNAGE. — A tout, à tout, je te le promets.

COSTARD. — Ça ne te sera pas pénible au moins!

D'ARNAGE. — Mais, mon cher, c'est-à-dire que ça me fera plaisir!

COSTARD, *à Mantel.* — Et toi aussi tu viendras à tout!

MANTEL. — Je viendrai à tout. Veux-tu que je t'accompagne pendant le voyage de noces?

COSTARD. — Tu n'es pas sérieux. (*Il soupire.*) Ah! mes pauvres amis... mes pauvres amis... tout de même...

MANTEL. — Quoi?

COSTARD. — Rien. Je me sens un peu... comment dirai-je?

D'ARNAGE. — Mélanco.

COSTARD. — Un peu mélanco. C'est ça.

MANTEL. — Eh ben, faut te secouer, avant ton départ. C'est de l'hygiène morale. T'as encore neuf jours. Profites-en. On peut faire bien des petites amusettes en neuf jours. N'est-ce pas, d'Arnage, que j'ai raison?

D'ARNAGE. — Tu t'exprimes comme Platon.

MANTEL. — Quelle heure est-il? Onze heures! Comment! Il n'est qu'onze heures. Allons, ouste, sortons. La lune brille!

D'ARNAGE. — Sortons.

COSTARD. — Sortons. Et à nous les almées!

DEUXIÈME PARTIE

— Toi, tu vas te taire. Ecoute, mais tais-toi.

VIII

LE MARI

PAUL COSTARD; Le peintre MANTEL; D'ARNAGE; Le modèle RIQUIQUI.

Dans l'atelier de Mantel (quartier Pigalle). Costard et d'Arnage sont vautrés sur un divan. Le modèle Riquiqui pose en jupon, nue par en haut jusqu'à la ceinture. Mantel peint, son chapeau melon sur la tête, sa pipe anglaise au coin de la bouche. Et il fait dans l'atelier une chaleur étouffante.

Mantel, *à Costard.* — A présent que tu es débarrassé de tes affaires et que te voilà sur le divan, silence tout le monde, et raconte-nous...

Riquiqui. — Oh oui !

Mantel, *à Riquiqui.* — Toi, tu vas te taire. Ecoute, mais tais-toi. (*A Costard.*) Vas-y.

D'Arnage, *à Costard.* — On ne te retient plus.

Costard. — Je veux bien. Je vais vous raconter ça. Mais c'est pour vous tout seuls? Hé ? La discrétion ?

Mantel. — As pas peur.

Costard. — Oh ! quelle journée ! quelle journée, mes bons ! Une journée où il y a de tout, une journée où on est à la fois content, abruti, énervé, gai, triste, bien portant, malade, une journée où on ne sait plus ce qu'on fait ni ce qu'on dit. D'abord le matin, l'église. Nom d'un petit bonhomme, l'église ! Tenez-vous à ce que je vous raconte l'église ?

Mantel. — Je te crois que nous y tenons !

Costard. — Eh bien, l'église, c'est une des bonnes, très bonnes choses de la fête. Oui. Quand, à la paroisse Augustin, je me suis aventuré dans l'allée du milieu, au bras de belle-mère, avec toutes les têtes de la foule à droite et à gauche, les chapeaux de maréchal des deux suisses qui se balançaient à quatre pas devant moi ; dans le fond, le décor de l'autel, les cierges, les fleurs, les plantes, et puis l'orgue, boum balaboum ! là-haut qui tirait le canon... pas précisément ému, non, pas la cervelle à l'envers... mais pourtant le jarret m'a un peu molli. Le premier choc, la machine délicate de l'impression... quoi !

D'Arnage. — Assez naturel.

Mantel. — Alors te voilà au prie-Dieu, avec ta femme à côté de toi ?

Costard. — Epatants les prie-Dieu, mon cher ! énormes, hauts, tout en velours, avec des coussins comme pour un sacre, pis que des coussins tant ils sont gros, des oreillers !

Mantel. — Déjà !

Costard. — Et gênants ! j'avais envie de les fiche à bas. Je m'y suis fait tout de même au bout de quelques minutes. Et puis, dame, alors, la petite bonne femme de messe. Vous savez ce que c'est qu'une messe, n'est-ce pas ?

MANTEL. — Parbleu.

COSTARD. — Rien de neuf à vous apprendre là-dessus.

MANTEL. — A quoi pensais-tu ?

COSTARD. — Oh ! à mille choses et à rien. D'abord primo je pensais : « Je me marie, tu te maries, mon petit Paul, il se marie le jeune Costard. Ça y est. Plus moyen d'en réchapper ! » Je pensais à bien me tenir, je me disais : « Songe, mon garçon, que t'as quinze cents fauteuils d'orchestre dans le dos qui ne te quittent pas de la prunelle et qui scrutent ta balle. » Je pensais à ne pas faire de gaffes, à bien me lever, à bien me mettre à genoux, à bien m'asseoir quand l'huissier nous en prévenait avec un sourire... Je pensais à ranger le voile d'Alice par-dessus le dossier de son fauteuil. Encore une invention que ces dossiers Henri II en bois doré ! Je pensais : « Pourvu que Monseigneur, s'il y va d'une légère allocution, ne parle pas pendant trois quarts d'horloge ! » Je pensais...

MANTEL. — Ce qui est arrivé. Est-ce qu'il parle bien? On entendait à peine.

COSTARD. — Je pourrais pas te dire. Je ne l'écoutais pas. Je sentais que si je l'écoutais seulement une minute, j'étais pincé. J'aurais dormi. Non, mais me vois-tu pionçant devant Sa Grandeur? J'étais coulé aux yeux de ma femme.

MANTEL. — Faudra bien que ça finisse par là. Continue.

COSTARD. — Tout s'est passé comme vous savez, puisque vous y étiez. Mais ça m'a paru d'un long, cette messe ! presque aussi long que mon année de volontariat. Chose, de l'Opéra, a bien chanté, par exemple !

MANTEL. — Comme une casserole ! Et d'un ton trop bas !

COSTARD. — Ah ! il n'a jamais chanté autrement. Mais à part que c'est faux, c'est rudement bien. Quoi encore? Je ne m'arrête pas au cierge et à l'anneau. J'avais idée que ça me ferait quelque sensation. Comme on se trompe ! rien. Pas pour un sou. J'avais donné mon émotion d'un coup en entrant. Après, plus personne. On ne peut pas être ému tout le temps, n'est-ce pas? Bref, on a fini tout de même par en voir le bout de cette messe, et alors il y a une chose que j'ai remarquée. En même temps que nous, on unissait une autre paire de mariés à la chapelle de la Vierge, derrière le chœur. Ils se sont trouvés avoir terminé presque au même moment, et, comme il n'y a qu'une sacristie, a bien fallu attendre qu'ils se soient congratulés, pour défiler ensuite à notre tour. C'étaient de bons types, une noce de domestiques, et tous les invités devaient être en place parce qu'il n'y avait pas un seul homme à moustaches. Et la façon dont tout ça était ficelé ! Ils regardaient tous dans notre direction, avant de franchir le seuil de la sacristie, et de voir l'église bondée à craquer ça les impressionnait ferme, je vous en réponds. N'empêche que la mariée n'était pas laide. Ils se sont dispersés, et alors, en avant la pastourelle, ç'a été le grand défilé de Longchamp. Deux heures dix de poignées de main, de saluts, présentations. Ah ! je vous jure que c'est roide. J'admirais Alice. Aussi tranquille et à son aise que si elle s'était trouvée à table. Nos deux mères rayonnaient. Moi je perdais pied. « Cher ami, bon ami... merci ! Comme c'est aimable... » Enfin, vous m'avez vu, je devais faire une triste tête. Quelle tête est-ce que je faisais?

D'ARNAGE. — T'étais très nerveux, un peu pâle, et tu avais l'air fâché. On devinait que tu nous envoyais à tous les diables. Je ne t'en veux pas, j'étais tout pareil le jour où j'ai fait la boulette. Après?

MANTEL. — Oui, après?

COSTARD. — Après, on a réintégré la maison. Il y a eu le lunch où on a gloutonné. Encore un monde fou. Toutes ces bagatelles nous ont menés jusqu'à cinq heures, où on a commencé un peu à souffler et à se faire craquer les os ; Alice et moi, de cinq à six, nous avons rangé les cadeaux qu'on avait étalés, pour le lunch, dans un salon à côté.

MANTEL. — Il n'en manquait pas?

COSTARD. — Non, il n'en manquait pas.

— Après, on a réintégré la maison.

MANTEL. — De quoi avez-vous parlé, ta femme et toi, sans indiscrétion?

COSTARD. — Des cadeaux. A sept heures, dîner chez le beau-père.

D'ARNAGE. — Grand dîner?

COSTARD. — A tout casser, mais dîner intime. Rien que la famille et les parents pauvres. Je n'en pouvais plus. Je tombais de sommeil. Dès le potage il a fallu que je lutte. Et tout de suite, après dîner, nous avons détalé.

MANTEL. — Oh! comme ça, la dernière bouchée dans le bec?

COSTARD. — C'est une façon de parler. Vers les onze heures et demie. Mais attendez. Il faut que vous sachiez que mon sacré beau-père s'en est permis une, vraiment forte. Je venais de dire à Alice : « Rentrons-nous? » Elle avait accepté, quand son père me demande : « Puisque vous filez et que vous avez forcément le boulevard à traverser, voulez-vous me prendre avec vous ; j'ai une petite course à faire par là, vous m'obligerez. » Je consens. Il dit au cocher quelques mots que je n'entends pas, et il monte. Naturellement, je le mets dans le fond, près d'Alice, et je me colle tout de guingois sur le strapontin. Passe sous silence les adieux de ma belle-mère à Alice. Des larmes à croire qu'elle s'engageait au Carmel. On allait démarrer quand mon beau-père est pris d'une idée : « Puisqu'ils rentrent chez eux, si on leur donnait à emporter de l'argenterie? » J'ai beau protester, m'écoute pas, et on me plante sur les genoux trois boîtes de maroquin qui pesaient au moins deux cents. Ça va bien. Je le prends à la blague au lieu de me fâcher et nous voilà partis, dans le coupé numéro un, s'il vous plaît, le même qui nous avait amenés, après la messe, et toujours avec ses rosettes blanches au frontail des biques. Personne ne parlait. Alors la fatigue, trop bien dîner, la chaleur, est-ce que je sais! Je m'assoupis. Et tout à coup — écoutez ça — je sens qu'on s'arrête, je m'éveille, et je suis aveuglé instantanément par des pétards de lumière, une devanture de café, avec cent cinquante personnes à la terrasse qui nous avalaient. C'était ma sacrée canaille de beau-père qui s'était fait déposer à l'Américain! Avouez que c'est un peu vert de nous faire accoster à minuit tapant, ma femme et moi, le soir de notre mariage, avec les chevaux et le cocher enrubannés?

D'ARNAGE. — T'as dû être content. Ce n'était pas vieux jeu.

COSTARD. — Trop nouveau jeu. Et puis, ce n'est pas tout, je m'efface pour laisser descendre mon goutteux de beau-père, car il commence à traîner la quille ; une des imbéciles de boîtes glisse, m'échappe, tombe sur le marchepied, s'ouvre toute grande, et bing! trois douzaines de petites cuillères qui se mettent à carillonner sur le trottoir. On marchait dessus. Sans des gens complaisants qui nous ont aidés à les glaner, j'y serais encore. Nous avions trois cents voyous autour de notre coupé, Alice se tordait, moi j'étais furieux. Je n'ai même pas salué mon beau-père, et nous sommes rentrés à l'hôtel dare dare. Je ne me suis un peu calmé qu'une fois chez nous, les portes fermées.

LE MODÈLE RIQUIQUI. — Et alors, une fois là, les portes fermées?

MANTEL. — Riquiqui, petite vache, veux-tu te taire? Ah çà! où as-tu été élevée? (*A Costard.*) Poursuis, Paul, et ne te laisse pas intimider par cette poseuse.

COSTARD. — Ah! non, par exemple. En voilà assez.

MANTEL. — Tu vas nous laisser en plan?

COSTARD. — Tu croyais que j'allais te raconter par le menu...

MANTEL. — Je ne crois rien... seulement je sais que, dans le fond, tu en grilles d'envie! Tu ne veux pas en avoir l'air, mais tu en as une envie folle.

COSTARD. — Une envie folle de quoi?

MANTEL. — De tout nous dire.

COSTARD. — Moi. Ah bien, tu peux prendre patience, mon cher ami!

MANTEL. — Allons! Je vois bien que ça n'a pas marché.

COSTARD. — Qu'est-ce que tu dis?

MANTEL. — Je te dis qu'on voit bien, à ta réserve... à ton embarras... que ça n'a pas marché...

COSTARD. — Pas marché! Ah là là!

MANTEL. — Ou si ça a marché... ça n'a pas été les roulettes, pas marché absolument comme tu voulais. (*A d'Arnage.*) N'est-ce pas, d'Arnage?

D'ARNAGE. — Dame... le fait est, Paul, que ça nous en a tout l'air.

COSTARD. — C'est tout de même un peu violent ! Eh bien, vous vous trompez. Tout a marché à merveille au contraire, vous m'entendez ?... à merveille !

MANTEL. — C'est toi qui le dis !

COSTARD. — Je le dis parce que c'est la vérité. Ah ! la gentille petite femme que j'ai ! mais gentille, gentille ! Et douce ! et facile ! et arrangeante ! Jamais je ne me féliciterai assez de l'avoir chipée ! Oui, je suis très heureux.

D'ARNAGE. — Tu n'es pas au bout : tu le seras encore.

COSTARD. — J'y compte bien. Et pas plus tard que ce soir.

MANTEL. — Elle est blonde, autant que je me rappelle.

COSTARD. — Dans le jour elle est châtain, et puis blond doré aux lumières, doré comme un louis.

MANTEL. — Taille moyenne.

COSTARD. — Oh ! plutôt grande, tu peux dire qu'elle est grande.

MANTEL. — Et très bien faite, ça m'a frappé à l'église.

COSTARD. — Admirablement faite ! étonnamment.

D'ARNAGE. — Tant que ça ?

COSTARD. — Oui.

MANTEL. — Tu t'es levé tard ce matin ?

COSTARD. — A midi.

MANTEL. — Comme elle est peu ma-

— UNE DES IMBÉCILES DE BOITES GLISSE, M'ÉCHAPPE, TOMBE SUR LE MARCHEPIED, S'OUVRE TOUTE GRANDE...

tinale! Quand donc avez-vous déjeuné?

COSTARD. — Tout à l'heure.

D'ARNAGE. — Vous ne deviez pas avoir faim?

COSTARD. — Tout de même.

MANTEL. — C'est vrai, ça creuse. Et où est-elle en ce moment?

COSTARD. — Elle est en visite chez une de ses amies où je l'ai déposée, et où je vais aller la reprendre.

MANTEL. — Parfait, parfait. C'est-à-dire qu'elle est en train de raconter à son amie, comment, l'autre jour, la petite formalité s'est accomplie.

COSTARD. — Allons donc! Et puis, après tout, ça m'est égal. Elle peut si elle veut. L'amie sera jalouse. Voilà ce qui arrivera.

MANTEL. — Tu as donc été vraiment brillant? Voyons? entre nous?

COSTARD. — Eh bien, oui, là. J'ai été très en verve. Elle aussi. Chacun a fait son devoir. Toute la troupe citée à l'ordre du jour.

MANTEL. — Tu veux dire de la nuit... Compliments. Et t'aime-t-elle beaucoup?

COSTARD. — M'adore.

MANTEL. — Et toi?

COSTARD. — Certes oui, je l'aime. Et puis surtout je la considère, je l'estime. Parce qu'enfin, n'y a pas à se le dissimuler, c'est une femme mariée, c'est ma femme. Aussi, quoi qu'elle puisse jamais faire, à supposer qu'elle se conduirait comme une chaise, je n'en parlerai qu'avec respect.

MANTEL. — Connue la chanson : « Je respecte en vous, madame, la mère de mes enfants! »

D'ARNAGE, *à Mantel.* — Donne-lui d'abord le temps d'en avoir.

COSTARD. — Je n'y tiens pas. Les bébés, les nourrices... « Faites une belle risette. » Non...

MANTEL. — C'est pourtant gentil.

LE MODÈLE RIQUIQUI. — Dieu oui!

MANTEL, *à Riquiqui.* — Tu vas te faire fiche à la porte, toi!

COSTARD. — Sans doute, c'est pas laid. Mais un peu ridicule. Je ne l'ai jamais encouru, le ridicule, jusqu'à présent. Ça n'est pas pour commencer aujourd'hui que je suis marié et que les occasions abondent. Au contraire, raison de plus pour se tenir et jouer serré. Non. Soyons stériles.

D'ARNAGE. — Joue donc serré, sois heureux, et n'aie pas d'enfants.

COSTARD. — Tu peux t'en rapporter à moi. Là-dessus, je me sauve. Vous vouliez que je vous racontasse le plus jour de ma vie. Je vous l'ai raconté. Vous n'avez plus besoin de rien? Alors, jusqu'au revoir, mes pigeons, comme on dit chez les Russes. Moi je file, je prends tout à l'heure ma petite femme sous mon bras, et en avant les plaisirs, les ivresses, l'apothéose. Et puis savez-vous ce qui me rend tout à fait content, mais là, tout à fait? Eh bien, c'est que tout en noçant avec elle, je me dis : « C'est autorisé. A présent je suis rangé, je suis sérieux, je suis un homme légal, un mari! » Tout est là.

Tu es gentille, tu es une mignonne d'avoir pensé à moi.

IX

LA FEMME

Mme PAUL COSTARD; Mme BURANTY, vingt-neuf ans.

Chez Mme Buranty. Un boudoir très élégant, quartier Malesherbes. Mme Buranty est étendue sur une chaise longue Louis XV, dans une sorte de lassitude très créole.

Mme BURANTY. — Tu es gentille, tu es une mignonne d'avoir pensé à moi. Laisse-moi d'abord t'en remercier.

Mme PAUL COSTARD. — Je t'avais promis que ma première visite de noces serait pour toi.

Mme BURANTY. — C'est vrai. Mais promettre et tenir sont si rares! Maintenant tais-toi, remets en ordre les petits traits de cette belle frimoussinette, place-toi bien dans le jour, que je te regarde mariée à mon aise.

Mme PAUL COSTARD. — Indiscrète. (*Elle se place comme lui demande son amie.*) Voilà.

Mme BURANTY. — Oui... eh bien, c'est toujours toi, tu sais. Cela ne t'a pas abîmée outre mesure.

Mme PAUL COSTARD. — Ça abîme donc d'ordinaire?

Mme BURANTY. — Pas tout de suite, mais à la longue. Tu n'as qu'à me regarder... quoique moi je doive être mise à part... Mais parlons de toi. Une question banale s'impose. Je te la pose. Es-tu heureuse?

Mme PAUL COSTARD. — Je suis contente.

Mme BURANTY. — Aïe! Seulement contente, ça n'est pas du grand bonheur, ma fillette, ce n'est que du bonheur à treize sous.

Mme PAUL COSTARD. — Du bonheur au petit bonheur! Oui. Pourtant, que veux-tu de plus, pour commencer?

Mme BURANTY. — Sans doute. Mais c'est si important, vois-tu, de bien commencer, en matière de mariage! Ça finit souvent si mal! Enfin, nous disons que tu es contente. Prenons toujours ça. Ah! la santé?

Mme PAUL COSTARD. — Bonne, très bonne.

Mme BURANTY. — Bravo! C'est encore ce qu'il y a de mieux dans la vie, va. Garde-la toujours, la santé! Tant que tu l'auras, tu supporteras tout, les ennuis, même les chagrins. C'est le bien suprême, le droit de rire, le repos de l'esprit, le calme du cœur, le paradis sur terre. Tu ne peux me comprendre qu'à moitié. Si tu étais comme moi, qui ne tiens pas debout, qui suis condamnée...

Mme PAUL COSTARD. — Veux-tu bien te taire!

BURANTY. — Deux ans. Pas davantage. Et je sais ce que je dis.

Mme PAUL COSTARD. — Tu es ridicule et tu me fais de la peine!

Mme BURANTY. — ... Eh bien, si tu étais comme moi, ma pauvre mignonne — ce dont Dieu te préserve! — tu apprécierais, mais sérieusement, la joie d'aller, de venir, de marcher sur les trottoirs, dans les jardins, de respirer, de voir, d'entendre, en paix, de se sentir pleine d'activité, de force, de mouvement, de chaleur gaie, de vivre bien portante enfin! Se porter bien! Pas de chaise longue, pas de médecin qui ment, pas de fioles, pas de drogues, pas de coussins derrière le dos, sous les pieds, pas de châles sur les jambes, pas de gens pour vous soutenir dès que vous voulez aller d'ici à la porte... Que cela doit être agréable et bon! Je ne manque de rien... hôtel... grosse fortune... Tout ce que je désire... à l'instant je l'ai. C'est égal, partout, ici dans ma voiture, au théâtre où on me porte, je ne pense qu'à ça : santé... santé... Ce mot-là, il ne me quitte pas une seconde du jour, la nuit j'en rêve, et les soirs de septembre, là-bas, aux Girouettes, aux époques d'étoiles filantes, quand je suis sur la terrasse, après le dîner, pendant que les hommes fument dans le parc et que les chiens aboient par moments du côté du chenil, moi je reste la tête en l'air, à fixer le ciel. Je regarde à droite, à gauche, partout à la fois dans l'immense voûte, je regarde avec une force, avec une avidité... comme si mes yeux étaient capables d'attirer, d'arracher les astres! et chaque fois mon souhait me bondit du cœur aux lèvres, toujours le même souhait, le seul souhait : santé, santé! Depuis le temps, j'en ai déjà vu filer pas mal, des centaines, plus qu'il n'en faut pour guérir un petit corps comme le mien et je suis toujours clouée là. Aussi c'est de ma faute. Croyances de bonnes femmes. Et puis, je t'attriste bien inutilement; je ne sais pas, ma parole, pourquoi je te raconte ces sottises. Ton mari? Vite, des détails sur ton mari! Et comment ça s'est-il passé ce fameux jour? Voilà ce que mon petit doigt n'a jamais voulu me dire et ce que je voudrais savoir?

Mme PAUL COSTARD. — Ça s'est passé, bien, très bien.

Mme BURANTY. — Et puis? C'est tout?

Mme PAUL COSTARD. — Je ne trouve plus rien. Tu m'as gelée avec ta santé, ma pauvre amie. C'est vrai que tu es bien à plaindre. Mais pourtant, rends-toi compte... une jeune mariée qui est reçue comme je viens de l'être, en pleine tristesse.

Mme BURANTY. — Je te demande pardon. Je n'aurais pas dû, en effet. C'est fini, là, n'y pense plus. Pense que ce n'est pas toi qui es paralysée. On a beau ne pas être égoïste, ça te fera tout de même un peu de plaisir. Et puis songe que ça me soulage de me lamenter, de temps à autre. Il y a un mois que je ne t'avais vue, c'était de l'arriéré. A présent, je suis gaie. Raconte-moi.

Mme PAUL COSTARD. — Dès le matin?

Mme BURANTY. — Raconte à ta façon. Je ne suis pas de ces personnes qui sont comme les maîtres de cérémonie de la conversation, et veulent absolument vous imposer un ordre et un cortège dans les récits qu'on leur fait.

Mme PAUL COSTARD. — J'aime mieux ça. D'abord il faut que je te dise que ma robe m'allait...

Mme BURANTY. — Comme à une reine. Je le savais.

Mme PAUL COSTARD. — On te l'a répété?

Mme BURANTY. — Je crois bien! Toutes ces dames m'ont raconté qu'elle était manquée, mais ce qui s'appelle massacrée; alors, dans la minute, j'ai été sûre qu'elle était délicieuse, et toi avec.

Mme PAUL COSTARD. — La veille au soir, en m'endormant, j'avais peur d'être malade le lendemain, malade d'émotion, de fatigue. Pas du tout. Aussitôt éveillée, j'ai senti que j'étais au beau fixe, très maîtresse de moi et que je resterais ainsi toute la journée. Aucun affolement, aucune surexcitation. Même pas assez. Je m'en voulais dans le fond de ne pas perdre un peu la tête. J'avais l'air de me marier comme si ça n'était pas la première fois, comme si je recommençais.

Mme BURANTY. — Tes parents?

— Rien de spécial a te dire sur notre arrivée.

Mme PAUL COSTARD. — Papa trop gai et maman folle.

Mme BURANTY. — Des larmes, ta mère?

Mme PAUL COSTARD. — Mais non, la pauvre femme. Une douleur sèche. Une source qui se retient.

Mme BURANTY. — Et ton père, gai?

Mme PAUL COSTARD. — Plus que gai. Guilleret, Andalou! Il fredonnait, il ne tenait pas en place. Un collégien.

Mme BURANTY. — Et ton mari?

Mme PAUL COSTARD. — Mon mari? Tu veux que je te dise franchement?

Mme BURANTY. — Sans doute. Tu sais que tout cela reste entre nous.

Mme PAUL COSTARD. — Eh bien, quand je l'ai vu apparaître en habit à la maison, je l'ai trouvé très chic, très réussi, très obtenu... mais avec quelque chose de pas naturel, de cérémonieux, d'un peu méfiant et de guindé qui m'a frappée. Je ne lui demandais pas d'être épanoui comme un marié de village, mais il ne me semblait tout de même pas assez content pour un jour comme celui-là. J'aurais voulu pouvoir retirer à papa un petit peu de sa gaieté pour lui en donner. Il me faisait l'effet de venir me chercher pour me mener l'épouser, absolument comme il m'offrait le bras au bal pour me conduire au buffet prendre une mousse. Il y a eu là une impression très légère, moins précise que je ne te la rapporte et qui néanmoins... tu me comprends?

Mme BURANTY. — Très bien, continue.

Mme PAUL COSTARD. — Ne t'imagine pas cependant, ma chère, que cette remarque m'ait été pénible; non, je l'ai constatée, simplement. Tu me connais d'ailleurs. Tu sais qu'en somme tout m'est à peu près égal. Je n'en suis donc pas à m'affecter de si petites choses, quand les grandes ne parviennent pas à me déranger. Je reprends. On s'est apprêté, les voitures se sont avancées, et on est parti pour Saint-Augustin. Je ne devrais pas en dire de mal puisque c'est ma paroisse. Tant pis pour elle. C'est une église que je n'aime pas. Il y fait trop clair pour penser à ses péchés. On dirait une sorte de café-concert religieux. Enfin je n'ai jamais pu, ni pour moi ni pour les autres, y prier sérieusement pendant cinq minutes. Rien de spécial à te dire sur notre arrivée. Sous le porche, cohue de mendiants et de curieux. A l'intérieur, la nef pleine, tout le monde debout, des visages de connaissance aperçus de côté, de jolies toilettes attrapées du coin de l'œil, et me voilà enfin à la gauche de Paul, sur mon prie-Dieu de velours rouge. Très moelleux, très commodes ces prie-Dieu, avec des coussins tout prêts à recevoir vos mains qu'on n'a qu'à poser dessus pour avoir aussitôt une contenance pieuse. Alors, la messe a commencé, et pendant dix à douze minutes, j'ai goûté un grand calme, vraiment. J'avais oublié la foule amassée derrière moi, je me figurais que j'étais seule, j'écoutais l'orgue, les chants, je regardais l'autel, l'officiant, les cierges, Monseigneur, tout ratatiné sous son petit dais, qui avait l'air de me faire des agaceries par-dessus son livre de prières — il ne m'en faisait pas, bien entendu, le brave homme, mais il avait l'air — il y avait une odeur de cire, de feuillage, d'église et de luxe qui flottait, on était très bien, et j'aurais souhaité que cela durât davantage. Malheureusement, j'ai eu, soudain, une pensée qui a tout gâté.

Mme BURANTY. — Laquelle?

Mme PAUL COSTARD. — C'est que j'étais mariée de la veille à la mairie, que dans une demi-heure j'allais l'être à l'église, et que définitivement je serais Mme Paul Costard pour la vie.

Mme BURANTY. — Elle était très naturelle, cette pensée. Je ne vois pas en quoi elle a pu te troubler.

Mme PAUL COSTARD. — Elle ne m'a pas troublée — rien ne me trouble jamais — et je reconnais avec toi qu'elle était fort naturelle, en pareil jour, en un pareil lieu et en un pareil moment; toujours est-il qu'elle détruisit la quiétude un peu artificielle où je me complaisais. C'est que, vois-tu, j'ai une singulière et très fâcheuse nature. Je ne peux pas me résoudre à envisager le sourire aux lèvres tout ce qui est fatal et à quoi il est impossible de se soustraire, même si c'est une chose exquise, délirante, et capable de procurer les plus douces joies, par exemple : le mariage. Un événement que j'accepte d'avance, en sachant que je peux l'éviter si c'est ma fantaisie, me paraît odieux dès qu'il devient inévitable. S'il y a un paradis, j'espère y aller, je le désire ardemment, mais c'est parce que je ne suis pas sûre d'abord qu'il y en ait un, et ensuite que je mérite d'y entrer ; si j'avais, sur papier timbré, la promesse du bon Dieu que ma place là-haut est gardée, je ne m'en soucierais plus, et j'aurais presque envie de l'enfer. Eh bien, au fur et à mesure qu'on approchait du moment où nous allions échanger l'anneau, je me disais : « Cela va arriver, et puis cela sera arrivé, et ce sera fini, irréparable ; sans doute je pourrais encore dire non, à la dernière minute, quand on me demandera si je consens à prendre pour époux Jacques, Emile, Paul... Mais moralement, je suis trop avancée pour reculer et pouvoir faire autre chose que consentir et dire oui ; et d'ailleurs, à tout prendre, je n'ai aucune raison, et aussi aucune envie de dire non. »

Mme Buranty. — Alors?

Mme Paul Costard. — Alors, j'étais un peu énervée, je m'étonnais de la facilité, de la rapidité, de la légèreté, mon Dieu ! avec laquelle ce mariage s'était conclu ; j'étais bien forcée de m'avouer que ce n'était pas la passion qui nous y avait poussés irrésistiblement l'un et l'autre, que ce n'étaient pas non plus des relations de famille, ni des motifs sociaux ; quand j'essayais de m'en représenter les vraies raisons, je ne les trouvais pas avec une netteté suffisamment rassurante, et je me disais que rien ne me pressait pourtant, que j'étais assez jeune pour attendre, que ce n'était peut-être pas la peine d'avoir pris un parti de si bonne heure. Et j'en étais là, quand Monseigneur s'est levé et s'est avancé vers nous, près de la grille du chœur, pour nous parler.

— C'est beaucoup plus simple que je ne me l'étais imaginé.

Mme Buranty. — A-t-il bien parlé?

Mme Paul Costard. — Il ne sait pas du tout parler, mais il nous a très bien parlé, justement à cause de cela. Je n'ai pas perdu une seule de ses phrases. Il nous a dit sur le mariage, sur le mariage chrétien, une foule de choses charmantes, très simples, très belles, trop belles, irréalisables, et qu'il nous chevrotait avec une pitié triste, un peu découragée, pendant que sa barrette violette lui tremblait entre les doigts, comme s'il sentait bien lui-même, rien qu'à nous regarder, mon mari et moi, de ses vieux yeux, bons et perspicaces, que nous n'étions pas du tout un ménage chrétien, que nous ne le serions jamais, qu'il s'en rendait bien compte, mais enfin qu'il faisait ce qu'il pouvait pour nous en avertir malgré tout et nous dire : « Voilà la vérité, mes enfants. Tâchez qu'elle vous profite, si peu que ce soit ! » Il a été bien lent, bien long, mais je t'assure qu'il m'a émue autant que je suis capable de l'être, et j'aurais eu, je crois, du plaisir à l'embrasser. Et puis... — ça ne t'ennuie pas que je te dise tout ce que je pensais?

Mme Buranty. — Au contraire, ma chérie, si tu savais comme tu m'intéresses ! Va donc.

Mme Paul Costard. — ...Je le devinais, je le voyais si loin de nous, ce vieillard. Si loin de Paris, de l'Opéra, d'Yvette Guilbert, de nos idées, de nos préoccupations, de nos journaux et de nos théâtres! Je me le représentais, retourné à Nancy dans les quarante-huit heures, au fond de son palais épiscopal, avec son grand-vicaire silencieux, et son valet de chambre aux paupières baissées. C'est curieux le contraste des vies humaines! Lui... nous!...

Mme BURANTY. — Tu as de l'imagination.

Mme PAUL COSTARD. — Pour évoquer et sentir, oui, j'en ai beaucoup. C'est en pensant vaguement à tout cela que j'ai gagné la minute où l'huissier nous a fait signe de nous lever, en même temps qu'il nous présentait à chacun notre cierge. J'ai regardé Paul, il n'avait pas l'air troublé; je songeais même que s'il avait pu lire mes pensées, il l'aurait été davantage. Alors, n'est-ce pas?... comme j'étais là, qu'on était venu pour ça, qu'on avait invité tout Paris, et qu'il fallait tout de même en finir, puisqu'on avait tant fait que de commencer et de continuer jusqu'à cette dernière étape... je me suis laissée docilement mettre l'anneau. Il n'est pas entré tout seul, Paul a dû le pousser un peu, nous sommes retournés à nos places, et je me suis dit que j'avais déjà cessé d'être une jeune fille, qu'il y avait autre chose où je venais d'entrer, une autre existence dont je ne distinguais pas précisément le genre, les façons, et le terme. La messe a pris fin, nous avons dû attendre que la sacristie fût libre parce qu'elle était occupée par une autre noce, une noce modeste de pauvres gens que les suisses bousculaient à cause de nous, et je revois encore le mauvais sourire insolent qu'avait dans sa barbe frisée ce petit baron Zéphraïm en regardant les toilettes ridicules des femmes. A cette minute je lui en ai voulu d'être millionnaire. Mais notre tour est arrivé et le défilé a duré deux heures. Très attristant! Toutes ces fécilitations, ces poignées de main, ces gens qui entraient, passaient, sortaient... c'était comme des adieux, des séparations, comme si je ne devais jamais revoir ces figures-là, une liquidation générale de toutes les personnes que j'avais connues depuis que j'étais née. Le lunch n'a pas suffi à dissiper complètement cette étrange impression. Avant le dîner, Paul et moi, quand tout le monde était parti, nous avons mis en ordre les cadeaux qu'on avait étalés dans un salon; il y en a de superbes, et ton bracelet, entre autres, a été très admiré. Je l'aime beaucoup.

Mme BURANTY. — Je suis contente qu'il te plaise.

Mme PAUL COSTARD. — Après le dîner où il n'y avait que nos deux familles, on a reparlé naturellement de toute cette fameuse journée, et de ceux qui étaient à la cérémonie, et de ceux qui n'y étaient pas, et à onze heures nous sommes partis. Dans l'antichambre, j'ai cru que maman allait s'évanouir. Et quant à papa, il était encore plus gai qu'à l'église.

Mme BURANTY. — L'histoire du café Américain et des boîtes d'argenterie! Je sais.

Mme PAUL COSTARD. — Tu savais? Comment?

Mme BURANTY. — Par ricochet. Ton mari l'a racontée au Cercle, le lendemain. Elle a même couru les journaux. Le fait est qu'elle est bien drôle.

Mme PAUL COSTARD. — Oui, Paul s'est un peu fâché. Moi, j'ai ri. Que veux-tu? J'adore papa, je l'adore parce qu'il n'a rien d'un père. Au contraire, maman qui a tout d'une mère, eh bien... elle est terrible.

Mme BURANTY. — Et maintenant, une fois chez vous? C'est à présent que tu vas être claire, et détaillée...

Mme PAUL COSTARD. — Claire?... Détaillée? Que veux-tu que je t'apprenne? Tu sais bien ce qui s'est passé, sans que je te le dise!

Mme BURANTY. — Sans doute, mais pourtant...

Mme PAUL COSTARD. — Mais non, ma bonne petite, ça ne se raconte pas, ces incidents-là.

Mme BURANTY. — Enfin, ton impression?

Mme PAUL COSTARD. — Mon impression?

Mme BURANTY. — Oui, tu en as eu une?

Mme PAUL COSTARD. — Plusieurs.

Mme BURANTY. — Dis-les.

Mme PAUL COSTARD. — Tu me trouveras brutale.

Mme BURANTY. — Jamais assez.

Mme PAUL COSTARD. — Eh bien, c'est beaucoup plus simple que je ne me l'étais imaginé, beaucoup moins agréable que je ne l'espérais. Et puis surtout... oh! surtout...

Mme BURANTY. — Achève, achève donc.

Mme PAUL COSTARD. — Ce n'est pas artistique, là.

Mme BURANTY. — Que je t'embrasse! Et, maintenant, écoute-moi bien. Tu as raison, cent fois raison, c'est... ceci, c'est... cela, plus d'un côté, moins de l'autre, monotone et pas artistique tant que tu voudras! et cependant... si jamais un jour ton mari te délaisse et court ailleurs, ce jour-là seulement tu apprécieras ce que tu dédaignes aujourd'hui. Et alors, tu changeras d'avis, et alors tu viendras me voir au galop si je ne suis pas morte, et alors nous recauserons. (*Elle écoute.*) On a sonné.

Mme PAUL COSTARD. — C'est lui, c'est Paul.

Mme BURANTY. — Chut! Et soigne ta santé.

C'EST PASTILLE, UNE JOLIE PETITE CHIENNE QUE JACQUES BURANTY M'A DONNÉE.

X

DANS LE BAIN

Mme PAUL COSTARD; M. LABOSSE

Chez Mme Paul Costard, le matin. Elle est dans son bain. Son père arrive à l'instant.

Mme PAUL COSTARD. — Entre donc.

M. LABOSSE. — Tiens, tu es dans l'eau?

Mme PAUL COSTARD. — Jusqu'au cou, comme tu vois. Je ne t'embrasse pas, parce que j'aurais peur de te mouiller. Assois-toi.

M. LABOSSE. — Qu'est-ce que c'est que cette bestiole? (*Il désigne un petit chien qui est planté en face de lui.*)

Mme PAUL COSTARD. — C'est Pastille, une jolie petite chienne que Jacques Buranty m'a donnée.

M. LABOSSE. — Elle est très drôle. Pastille, remuez la queue et dites que vous êtes contente de faire la connaissance à votre grand-père. Et. en dehors de ça, quoi de neuf?

Mme PAUL COSTARD. — Pas grand'-chose.

M. LABOSSE. — Toujours heureuse?

Mme PAUL COSTARD. — Extrêmement.

M. LABOSSE. — Ah! tant mieux!

Mme PAUL COSTARD. — Tu dis tant mieux comme si ça t'étonnait?

M. LABOSSE. — Ça ne m'étonne pas. Mais aujourd'hui, tant de ménages, et dans le meilleur monde...

Mme PAUL COSTARD. — Dans le nôtre...

M. LABOSSE. — Evidemment, lequel ça serait-il, si ce n'était pas le nôtre?... tant de ménages tournent mal, même dès leur début... que, malgré tout, comme je suis ton père, ça me ferait plaisir de voir que tu ne te trouves pas dans ce cas-là.

Mme PAUL COSTARD. — Je te répète — donne-moi donc pour deux sous d'eau chaude... le robinet à droite — que je n'ai jamais été si heureuse.

M. LABOSSE, *il tourne le robinet. Vacarme.*

Mme PAUL COSTARD. — Assez, merci.

M. LABOSSE. — Je suis tout éclaboussé... Alors tu l'aimes?

Mme PAUL COSTARD. — Je l'aime.

M. LABOSSE. — Et il t'aime?

Mme PAUL COSTARD. — Et il m'aime.

M. LABOSSE. — Beaucoup, fort, souvent?

Mme PAUL COSTARD. — Mais oui.

M. LABOSSE. — Au fond, c'est un excellent garçon.

Mme PAUL COSTARD. — Du pain.

M. LABOSSE. — Je ne t'affirme pas que ce soit un phénix...

Mme PAUL COSTARD. — Pour ce que je ferais d'un phénix !...

M. LABOSSE. — Mais il n'est pourtant pas bête. Il a de la gaieté, il sait le premier tous les potins, avec ça un bon joueur de bésigue, — enfin, tu aurais pu tomber plus mal...

Mme PAUL COSTARD. — Beaucoup plus mal.

M. LABOSSE. — En entrant, on m'a dit qu'il n'était pas là. Où peut-il bien être ?

Mme PAUL COSTARD. — Est-ce que je sais, moi ?

M. LABOSSE. — Il ne t'a pas dit avant de sortir où il allait ?

Mme PAUL COSTARD. — Je ne l'ai pas vu depuis quarante-huit heures.

M. LABOSSE. — Comment ! tu n'as pas vu ton mari depuis quarante-huit...

Mme PAUL COSTARD. — Mon mari ? Mais il ne s'agit pas de mon mari ! Je ne te parle pas de mon mari...

M. LABOSSE. — Mais de qui alors ?

Mme PAUL COSTARD. — De Jacques.

M. LABOSSE. — Jacques ? Ah çà, j'imagine, Alice, que tu n'as pas un amant ?

Mme PAUL COSTARD. — Mon Dieu si, papa !

M. LABOSSE. — Toi aussi ? Oh ! oh ! Et alors... Jacques, c'est lui ? Mais quel Jacques ? Parle.

Mme PAUL COSTARD. — Jacques Buranty...

M. LABOSSE. — Buranty ! Le mari de ta meilleure amie ?

Mme PAUL COSTARD. — Lui-même.

M. LABOSSE. — Je m'explique maintenant la présence de Pastille... Ah ! ma pauvre petite ! qu'est-ce que tu m'apprends là !

Mme PAUL COSTARD. — Ce que tu aurais fini par savoir en dehors de moi. Il vaut mieux que ce soit de ta fille elle-même que tu le tiennes.

M. LABOSSE. — Ça vaut mieux. En effet, c'est plus convenable. Pourtant...

Mme PAUL COSTARD. — Tu sais tout, à présent. Je suis très heureuse, mais pas avec Paul, avec Jacques. J'aime, mais pas Paul, Jacques. Je demande que ça continue, mais avec Jacques, pas avec Paul. Paul ? qu'il aille de son côté, qu'il mène la vie en losange, Paul ! qu'il retrouve des anciennes, qu'il découvre des nouvelles, peu m'importe. Pourvu qu'il me laisse ma liberté. C'est d'ailleurs ce qu'il fait, je n'ai pas à me plaindre.

M. LABOSSE. — Je n'en suis pas encore revenu !

Mme PAUL COSTARD. — Veux-tu des sels ? Remets-toi, tu n'es pas au bout.

M. LABOSSE. — Mais voyons, voyons !... Alors ça ne va donc pas avec ton mari ?

Mme PAUL COSTARD. — Il en est question.

M. LABOSSE. — Qu'est-ce qu'il t'a fait ? Il n'y a peut-être entre vous qu'un malentendu. Quoi ? Il a été cynique... exigeant... Il t'a révoltée ?

Mme PAUL COSTARD. — Les huit premiers jours. C'était le bon temps.

M. LABOSSE. — Et depuis ?

Mme PAUL COSTARD. — Lit à part. Tout à part.

M. LABOSSE. — En être là, au bout de deux mois. C'est bien tôt, mon enfant, c'est beaucoup trop tôt, conviens-en.

Mme PAUL COSTARD.— Pas de ma faute.

M. LABOSSE. — Je suis sûr que c'est de la sienne. Mais enfin, une femme, tu sais, doit avoir le tact, l'habileté de ne pas s'apercevoir... d'endurer les yeux fermés...

Mme PAUL COSTARD. — Je n'ai pas la nature de maman.

M. LABOSSE. — Tant pis pour toi, parce que ta mère est la meilleure des femmes. Personne plus que moi n'a le droit de le crier bien haut. Mais, qu'est-ce qu'il y a ? qu'y a-t-il ? tu vois que je ne te gronde pas ? je n'éclate pas ! je ne te parle pas morale ! Et pourtant je le devrais, quand ça ne serait que pour la forme. Un amant !... Comment ! toi, Alice, notre fille... après cette éducation... ces sacrifices... un évêque qui te marie ! Et au bout de deux mois de mariage... oh ! Reconnais tout de même que... hein ? c'est aller un peu vite en besogne ?

Mme PAUL COSTARD. — Je reconnais tout ce que tu voudras. Oui, c'est affreux d'avoir un amant... de le dire et de te le dire... Mais ça n'est toujours pas hypocrite, et d'ailleurs je ne m'en repens pas, au point que je le referais si ça n'était pas fait, et

— Eh bien, il y a quelqu'un qui voudrait bien etre a ma place.

bien fait. Mets-toi à ma place. Au bout de neuf jours, tu m'entends, il est retourné chez sa maîtresse d'avant moi, cette Bobette Langlois, tu sais?

M. Labosse. — Je la connais.

Mme Paul Costard. — Elle est plutôt laide.

M. Labosse. — Elle s'habille bien.

Mme Paul Costard. — Elle se déshabille encore mieux. Il lui avait donné cent mille francs de cachets, pour la peine que je la remplaçais.

M. Labosse. — C'est exact.

Mme Paul Costard. — Il me l'a raconté. Il me semble que c'était pourtant payé. Paraît que non. Elle est revenue du Canada...

M. Labosse. — Pays des castors.

Mme Paul Costard. — ... Où elle avait été faire une saison, et ils se sont rabibochés, neuf jours après notre mariage.

M. Labosse. — Permets... D'abord es-tu sûre? Comment as-tu appris tout ça?

Mme Paul Costard. — Lettre anonyme. J'ai fait surveiller Paul, pour savoir à quoi m'en tenir, et j'ai vu que c'était la vérité, l'impure vérité. Tu me connais, tu sais comme tout m'est égal, et comme je prends vite mon parti des choses. Jacques Buranty me serrait de près avec vigueur. Je me suis dit : « Eh bien, puisque c'est comme ça, puisque c'est là la vie, le mariage parisien, ne restons pas en arrière. Moi aussi je veux voir et comparer. » Et dans les vingt-quatre heures, j'ai vu et j'ai comparé.

M. Labosse. — Eh bien?

Mme Paul Costard. — C'est beaucoup mieux. J'en suis humiliée pour Paul, mais c'est beaucoup mieux.

M. Labosse. — Il y a longtemps que tu as fait... la comparaison?

Mme Paul Costard. — Quinze jours. Quinze jours... pleins.

M. Labosse. — Ton mari le sait-il?

Mme Paul Costard. — Je ne le lui ai pas demandé.

M. Labosse. — Il ne doit pas le savoir. C'est dans l'ordre. Et ton amie, Mme Buranty?

Mme Paul Costard. — Je ne crois pas, mais je le lui dirai.

M. Labosse. — Il ne faut pas. Tu ne lui diras rien du tout.

Mme Paul Costard. — Si, c'est plus loyal. Quand je devrais y perdre son amitié.

M. Labosse. — Encore une fois je te le défends. Je sais mieux que toi, j'ai l'expérience. Ecoute-moi : ton mari ne sait rien, ton amie non plus ; eh bien, tout peut se rarranger. En somme, il n'y a pas dans tout ça de quoi s'affoler. Buranty et toi, vous êtes aussi enfants l'un que l'autre, vous avez fait une gaminerie, soit ; mais c'est très réparable. Passons l'éponge et n'en parlons plus.

Mme Paul Costard. — Tu es superbe avec ton éponge! N'en parlons plus... Mais parlons-en, au contraire. Comme tu décides ça, toi, en deux mots! N'en parlons plus. Et puis voilà, c'est fini!

M. Labosse. — Tu prévois des difficultés du côté de Jacques?

Mme Paul Costard. — D'abord, oui, j'en prévois un peu.

M. Labosse. — Mais pourquoi?

Mme Paul Costard. — Comment, pourquoi! Mais sais-tu que ça n'est pas très poli pour moi ce que tu dis là. Ça t'étonne que Jacques ne se fasse pas prier pour me quitter?

M. Labosse. — Parce qu'il a obtenu ce qu'il voulait. Va, ma pauvre enfant... les hommes, tous tant qu'ils sont... enfin, je m'entends.

Mme Paul Costard. — Je te garantis que Jacques ne consentirait jamais à m'abandonner. C'est un honnête homme.

M. Labosse. — Je te ferai remarquer qu'il abandonne bien sa femme! Je sais ce que tu vas me dire : sa femme est paralysée.

Mme Paul Costard. — N'est-ce pas? Il a une certaine excuse... Et puis il y a autre chose. C'est que je me trouve très bien comme je suis, et que je ne vois vraiment pas pourquoi je me priverais d'une liaison qui ne m'apporte que des satisfactions, pour me retrouver chez moi, à tourner mes pouces, pendant que Paul file le parfait plaisir chez Mme Langlois. Je ne l'empêche pas, Paul, d'aller chez Mme Langlois. Il s'occupe de son côté, moi je m'occupe du mien. Enfin, il faut bien en convenir, Jacques est beaucoup mieux que Paul, plus intelligent, plus distingué, plus délicat de sentiments, de tout... Dans un sens, ça me fait plaisir et, dans l'autre, si tu crois que ça me flatte pour mon mari, tu te trompes ! Mais c'est un fait.

M. Labosse. — Je ne peux pas te contredire là-dessus.

Mme Paul Costard. — Quand j'étais jeune fille, à supposer qu'il me fallût un homme, c'est peut-être lui qu'il me fallait.

M. Labosse. — Il était déjà marié, il n'y avait guère moyen...

Mme Paul Costard. — Je ne te fais pas de reproches. D'ailleurs, regarde, on finit toujours par s'avoir, d'une manière ou d'une autre.

M. Labosse. — Surtout d'une autre.

Mme Paul Costard. — Non, que veux tu ? Ce qui est fait est fait. Mais il vaut mieux ne pas y toucher. Notre vie, c'est comme les maladies qui ont des hauts et des bas, leur mieux et leur pire apparents, auxquels on ne comprend rien quand on a le nez dessus, et puis, quand toutes les périodes ont suivi leur cours naturel, plus tard, on s'explique alors les choses. Laissons nos vies suivre leur cours. Il arrivera ce qui arrivera. Je suis toujours préparée de la veille.

M. Labosse. — Mais la fin, s'il y a une catastrophe au bout ?

Mme Paul Costard. — Je m'en moque. Passe-moi Pastille que je l'embrasse.

M. Labosse. — C'est bon. Je n'insiste pas pour aujourd'hui. Tout ce que tu me dis est très sensé. Du moment que tu me parles de ton bonheur, de la paix de ton existence, j'aurais tort, moi ton père, de ne pas m'incliner. Tu sais que je ne suis pas un puritain, que je comprends notre époque... Tu te trouves dans une situation que je regrette, mais enfin tu t'y trouves, et tu ne veux pas en sortir.

Mme Paul Costard. — Tu l'as dit.

M. Labosse. — Espérons que ça marchera, avec Mme Langlois, avec Pastille, avec tout le monde ; peut-être, oui... si chacun consent à y mettre du sien, peut-être que ça peut marcher cahin-caha. Qu'est-ce que je demande, moi ? Que tu sois tranquille et un peu heureuse, quitte à l'être à côté. — ça

— Une, deux, la tête au mur. J'émerge des ondes.

vaut mieux que rien. Et puis, que sait-on ? Mme Buranty peut mourir, ton mari peut mourir...

Mme Paul Costard. — Moi aussi.

M. Labosse. — Pas de sottises. Je veux dire que l'avenir te réserve sans doute des surprises, des veines inespérées... Ce Paul, tout de même... Est-il serin, et mal élevé ! Dix jours après ton mariage, à ciel ouvert, sans se cacher, il repique chez l'autre... Ah ! il n'a rien, aucune forme, rien ! Et puis, quoi ! quand je me lamenterai ! L'important c'est que tu ne te fasses pas de chagrin. Et quelle veine que tu n'aimes pas ton mari, parce qu'alors ça aurait été terrible !... Tandis que comme ça, quand il s'apercevra que tu ne tiens pas à lui, tu as des chances qu'il te revienne et qu'il se prenne à t'adorer. Tu verras. Alors dame, il faudrait bien lui pardonner et lâcher l'autre. Tu seras bloquée.

Mme PAUL COSTARD. — Pour qui me prends-tu, papa ? Je ne suis pas une femme galante, je suis une femme mariée, je ne tromperais jamais Jacques. Moralement, c'est Jacques qui est devenu mon mari, et Paul qui me ferait l'effet d'un amant. Ça me révolterait. Voyons ? tu dois comprendre ça, toi ?

M. LABOSSE. — Je le comprends, tu es logique. Mais pourvu... oh ! pourvu que ta mère ignore... parce que la pauvre femme, elle, n'est pas comme nous au courant de ce qui peut se dire et se faire aujourd'hui... elle est très en retard, et ça serait le diable à lui entrer toutes ces nuances dans la tête.

Mme PAUL COSTARD. — Pas de danger, elle accepte si bien les mensonges.

M. LABOSSE. — C'est vrai. Mais j'ai peur tout de même. Et puis, il vaut mieux, de toute façon, ne pas la mêler à tout ça. Ce n'est guère son rôle de mère. Moi, mon Dieu, un père dans mon genre, qui est resté très jeune, très ouvert, je peux passer sur bien des petites vétilles... ça reste entre nous deux ; enfin, à la rigueur, il n'y a trop rien à dire. L'honneur est sauf. Mais ta mère, avoue-le, ça serait choquant.

Mme PAUL COSTARD. — Tu es gentil, tu penses à tout. Maintenant il faut te sauver, papa, parce que je commence à avoir froid dans mon bain et que je vais sortir.

M. LABOSSE. — Oh ! tu me renvoies déjà ?

Mme PAUL COSTARD. — Tu ne peux pourtant pas rester. Ou bien, alors, retourne-toi.

M. LABOSSE. — C'est ça. Je vais me retourner. Tiens, tu as là justement sur ta toilette... je vais me projeter des parfums... Qu'est-ce qui vaut le mieux ? hé ? fillette, conseille-moi... pour mon âge ?

Mme PAUL COSTARD. — Prends de l'impérial russe.

M. LABOSSE. — Je suis bien vieux pour cette odeur-là ?

Mme PAUL COSTARD. — Raison de plus. Ça te rajeunira. Une, deux. La tête au mur. J'émerge des ondes.

M. LABOSSE, *riant sans se retourner.* — Dis donc... non... tu vas me gronder... Eh bien, il y a quelqu'un qui voudrait bien être à ma place.

Mme PAUL COSTARD, *sérieuse.* — Assez, Sois convenable.

M. LABOSSE. — Mon Dieu ! comme tu es collet-monté ! C'est bon, je me tais.

— Hein ? Qui est-ce qui avait raison ?...

XI

OU BOBETTE REPARAIT

PAUL COSTARD;
BOBETTE LANGLOIS

Chez Bobette. Ils viennent de faire assaut de boxe, et ils sont encore en tenue, dans le boudoir où ils prennent un peu de repos.

Costard, *tombant sur un divan.* — Ouf ! C'est égal ! (*Il regarde tout autour de lui.*) C'est un vrai plaisir de se retrouver chez soi, dans son intérieur... toutes ses petites affaires...

Bobette. — Hein ? Qui est-ce qui avait raison ? Te souviens-tu de ce que je t'avais prédit ? que tu planterais là ta femme, et que tu me reviendrais.

Costard. — C'est bon, je suis revenu, on le sait. Tout Paris le sait. Mais toi, n'y reviens pas sans cesse. Ça n'est pas délicat de ta part de me rappeler du matin au soir que j'ai fait une boulette en me mariant.

Bobette. — Je l'avais si bien prévu. Je te connais tellement. Mon Dieu, que vous êtes donc bêtes, les hommes ! Les femmes aussi, d'ailleurs. J'avais juré que je ne voudrais plus de toi, et je t'ai repris tout de même.

Costard. — Et que tu es rudement contente, avoue-le ?

Bobette. — Qu'est-ce que tu veux ! Tu as un genre auquel je suis faite. Je trouve en toi un maître qui m'obéit.

Costard. — Avec ça !

Bobette. — Mais oui. Et puis tu ne ressembles à personne. Tu es le garçon le plus immoral et le plus renversant qu'on puisse voir. Faut bien que ça te profite un peu. Voilà pourquoi je me suis laissé fléchir. Maintenant, sois juste, et reconnais que je ne suis pour rien dans tout ce qui est arrivé. Je n'ai pas été te relancer dans ton ménage, moi, j'étais au Canada où je faisais la morte et où je ne m'occupais pas plus de Paul Costard que du Pape ; c'est toi qui m'as fait revenir, qui m'as revoulue, qui m'as embêtée pour que ça recommence... Est-ce vrai ?

Costard. — C'est vrai.

Bobette. — Alors, n'est-ce pas, si jamais il y a quelquefois des accrocs du côté de ta femme... la magistrature, est-ce que je sais !... qu'on voudrait me faire avoir de sales ennuis, je compte que tu leur diras bien à ces messieurs : « Fichez la paix à Bobette. Dans cette histoire-là, elle n'a rien fait pour, elle n'a rien fait contre, elle est restée neutre. » Promets.

COSTARD. — Je le dirai. Mais il n'y aura rien du tout. Que veux-tu qu'il y ait ! Ma femme ne soupçonne pas que je te revois.

BOBETTE. — Tu viens de m'avouer toi-même, à l'instant, que tout Paris était au courant.

COSTARD. — Tout Paris, oui, mais ma femme, non. C'est très fréquent, mon bon chéri, ça se rencontre tous les jours qu'un mari ou une femme sont les seuls, et pendant des années, à ignorer ce qui leur arrive et ce que tous leurs parents, amis et connaissances savent par cœur. Alice peut rester pendant très longtemps, jusqu'à la prochaine exposition universelle, sans se douter que nous faisons de la boxe anglaise ensemble cinq fois par semaine.

BOBETTE. — Un homme, je ne dis pas, mais une femme... allons donc ! Il faudrait que la tienne fût bien peu clairvoyante, pour ne s'être pas aperçue déjà...

COSTARD. — Si elle était clairvoyante, elle ne m'aurait pas épousé. Tiens, tu raisonnes comme un parapluie. Depuis que tu as voyagé, tu es encore plus restreinte qu'avant. Ah ! le Canada ne t'aura pas profité.

BOBETTE. — Toujours mieux qu'à toi le mariage.

COSTARD. — Encore ! Si tu me reprononces une seule fois, Bobette, ce mot de mariage, aussi vrai que j'ai un beau-père, qui est le dernier des paillards, je prends mon chapeau et tu ne me revois jamais.

BOBETTE. — Ne te mets pas à divaguer.

COSTARD. — Je ne divague pas. Tu as quitté Paris deux mois et demi. Il s'est alors passé dans ma vie... des choses... certaines choses enfin dont le rappel m'est très désagréable. Eh bien, je ne veux pas qu'on m'en parle. Ces deux mois-là, c'est comme qui dirait des mois réservés. Pas un mot. Est-ce que je demande comment tu as tué le temps au Canada ? Non, je ne te le demande pas, et cependant je m'en doute.

BOBETTE. — Mais certainement, je m'en vante. Après ! Le beau mal ! Il aurait peut-être fallu que je te sois fidèle. Ah ! là ! là ! Même en voyage. Ah çà ! d'où reviens-tu ?

COSTARD. — Oh ! de très loin.

BOBETTE. — Eh bien, retournes-y.

COSTARD. — C'est une scène que tu cherches !

BOBETTE. — Ne me pousse pas à bout, parce que je la trouverais.

COSTARD. — Tiens, Bobette, dans des moments comme ceux-ci, c'est à croire que tu veux me faire regretter tout ce que je t'ai sacrifié !

BOBETTE. — Sacrifié ! Qu'est-ce que tu m'as sacrifié ? Sors-le. Pas un brin de rien.

COSTARD. — Et ma femme ! Qu'en fais-tu ?

BOBETTE. — Ce que j'en fais ? Mais j'en fais... une qui ne va pas tarder à rôtir son balai, comme nous autres... et encore qui ne nous vaudra pas.

COSTARD. — Ça, ce n'est pas vrai. Ne calomnie pas Alice, je te défends de toucher à Alice.

BOBETTE. — Eh ! je n'y touche pas à ton Alice. Je fais comme toi. Mais est-ce que tu t'imagines, par hasard, quand elle va savoir la vérité, — car elle la saura d'un jour à l'autre, quoi que tu en dises, si elle ne la sait pas déjà, — est-ce que tu t'imagines, à la nature que je lui connais, d'après tout ce que tu m'en as raconté, qu'elle va pleurer chez sa mère et brûler des cierges en attendant que tu reviennes ! Tu es par trop jobard, mon petit, si tu crois ça. Non, non, elle s'habillera de pied en cap en soignant tout spécialement ses dessous, mettra son plus joli chapeau, prendra un bon sapin, et, dans les vingt-quatre heures, elle se sera rattrapée avec un de tes amis. Vois-tu à peu près avec qui elle pourrait... (*Paul hausse les épaules.*) Non, tu ne vois pas. Tant pis. Et j'ajoute qu'elle aurait rudement tort de ne pas se payer ta tête, parce que moi, si j'étais... si j'avais le malheur d'être à sa place, ça serait déjà fait depuis une couple d'heures, et que je n'aurais même pas attendu que tu me plaques... je t'aurais précédé... Ah ! mais !

COSTARD. — Changeons de conversation, veux-tu ? parce que tu n'entends rien aux femmes honnêtes.

BOBETTE. — Oui, tandis que toi qui es un honnête homme...

COSTARD. — Je ne sais pas si je suis un honnête homme ; en tout cas, si je ne le suis pas, c'est pour t'avoir sacrifié ma femme, car enfin c'est là le point de départ de notre discussion. Oui ou non, te l'ai-je sacrifiée?

BOBETTE. — Tu tiens donc beaucoup à m'avoir sacrifié ta femme?

COSTARD. — Certainement, j'y tiens.

BOBETTE. — Pourquoi?

COSTARD. — Pour te prouver que je suis en droit d'exiger que tu ne parles pas d'elle en termes méprisants, comme tu le fais. (*Il se lève.*) Et puis, reviens boxer. Ça vaudra mieux que dire des insanités.

BOBETTE. — Tout à l'heure.

COSTARD. — Viens donc. Houp!

BOBETTE. — Non.

COSTARD. — Qu'est-ce que tu as?

BOBETTE. — Rien.

COSTARD. — Si. Tu fais une figure allongée comme quand on se regarde dans une cuillère. Allons, sois gentille. C'est fini. Plus jamais chagriner sa chatte. Tu vois que je ne suis pas entêté. C'est ma nature, d'ailleurs ; j'ai eu bien des torts, j'en ai encore parfois, mais pour les reconnaître, il n'y en a pas deux comme moi. Là, embrasse. (*Elle l'embrasse du bout des lèvres.*) Nous nous chamaillons bêtement, quand nous pourrions être si heureux.

BOBETTE. — Ne m'en parle pas.

COSTARD. — Je t'assure. Tu crois donc que je ne sens rien, que je n'ai pas de cœur?... Je blague, je fais l'esprit fort ; au fond, une rude sensibilité, va! Même les plus petites nuances, je les comprends. Ainsi, que veux-tu? c'est peut-être ridicule, mais ce simple fait de me trouver là, sur le canapé rose, avec toi en face, dans ton costume de boxe, et puis tous les bibelots à leur place, le piano dans le coin, les palmiers, Arcachon avec son air de vieux caporal... eh bien, ça me... oui... donne une émotion... Parole d'honneur! Je pense aux choses, je pense : « Nous voilà... Bobette et moi... C'est bien nous... » Et je

— JE LUI AI ENVOYÉ UNE LETTRE ANONYME OU JE LA METTAIS AU COURANT.

me sens comme rafraîchi. Viens nous flanquer des tapes.

BOBETTE. — Pas encore. Je suis si fatiguée.

COSTARD. — Tu as l'air de ne plus aimer la boxe autant qu'autrefois?

BOBETTE. — Autant, tu te trompes.

COSTARD. — A la bonne heure, c'est si agréable d'avoir tous les deux les mêmes goûts, d'être en communauté d'idées.

BOBETTE. — Ça, c'est vrai, il y a bien des points par lesquels nous nous valons.

COSTARD. — Ah! tiens! je suis triste aujourd'hui, ma pauvre Bobette!

BOBETTE. — Cette bêtise. Dis pourquoi?

COSTARD. — Je pense aux embêtements qui vont m'arriver quand ma femme apprendra...

BOBETTE, *ironique*. — Ta femme? Elle peut rester très longtemps, jusqu'à la prochaine exposition...

COSTARD. — Je t'en prie. Soyons sérieux... Pour en avoir... ah! oui, j'en aurai des embêtements! Et dame, ça me préoccupe un peu. C'est tout de même épatant qu'on ne puisse pas avoir la paix dans la vie! Je la connais, Alice...

BOBETTE. — Oh! si peu!

COSTARD. — Je la connais bien... ça sera terrible. Et sa mère, donc? S'il n'y avait que mon beau-père, on pourrait encore causer... Mais il y a ma belle-mère.

BOBETTE. — C'est drôle, vous autres, les honnêtes gens, vous avez toujours des parents! Regarde, nous les grues, nous sommes toujours sans père ni mère.

COSTARD. — Parbleu! ils sont dans les champs, avec le bétail.

BOBETTE. — Enfin, on ne les voit pas.

COSTARD. — Ça vaut mieux. Quand vous vous mettez à les étaler, ils dépassent tout ce qu'on peut rêver. (*Un temps.*) Bobette?

BOBETTE. — Quoi?

COSTARD. — Tu pourrais pas me trouver un moyen d'éviter tous ces embêtements qui vont me tomber dessus quand ma femme...

BOBETTE. — Grand lâche!

COSTARD. — Pas du manque de courage, c'est de la faiblesse, c'est de la bonté. Je sens qu'elle sera dans son droit, je suis désarmé d'avance. Il y a des moments où je donnerais je ne sais quoi, tous tes bijoux, pour qu'elle sache déjà à quoi s'en tenir. Certaines minutes où je me retiens à quatre pour ne pas le lui dire. Et puis, à la dernière seconde, je cale.

BOBETTE. — C'est enfantin. Tu n'as que l'embarras du choix. On laisse traîner un portefeuille, avec une photographie de moi dedans...

COSTARD. — Elle me le rendrait sans l'ouvrir.

BOBETTE. — C'est pas vrai.

COSTARD. — Je t'assure.

BOBETTE. — Impossible. Elle ne serait pas femme.

COSTARD. — Mais si. Tu ne la connais pas. Je n'ai jamais vu pareille indifférence, elle ne soupçonne même pas la jalousie. Tout lui est équilatéral. Je te dis qu'elle me rendrait mon portefeuille sans l'ouvrir.

BOBETTE. — Je n'en crois rien. Autre système. Prononce dix fois de suite mon nom en rêve.

COSTARD. — Nous faisons chambre à part.

BOBETTE. — Voyons, tu ne vas pas me faire croire...

COSTARD. — Sans doute. Mais alors c'est dans le jour.

BOBETTE. — Va te promener. Veux-tu que je m'en charge, moi, de lui faire savoir?

COSTARD. — Comment t'y prendrais-tu?

BOBETTE. — Ça ne te regarde pas. Veux-tu que je m'en charge?

COSTARD. — Faudrait-il encore que ce fût fait convenablement, avec des formes. Ma femme est une femme honnête, une femme qui se tient....

BOBETTE. — *Elle ricane.*

COSTARD. — Pourquoi ris-tu? Tu le sais aussi bien que moi qu'Alice est honnête... Ah! si elle ne l'était pas... nom d'un petit bonhomme, que ça ferait donc mon affaire! ça serait bien différent.

BOBETTE. — Tu le prendrais à la gaîté?

COSTARD. — A la joie, polka de Fahrbach.

BOBETTE. — Tu dis ça. La vérité, c'est que tu voudrais tuer le monsieur, et que tu recourrais après ta femme, comme un joueur après son argent.

COSTARD. — Qu'elle essaye plutôt, ma femme, et puis tu verras. Non, mais tu me me verras... ce que je serai beau! Tu ne peux pas te faire une idée de ce que je serais beau si un pareil bonheur m'arrivait.

BOBETTE. — Parole sacrée?

COSTARD. — Sur la tête de tes parents.

BOBETTE. — Eh bien, mon enfant, réjouis-toi : Ça y est.

— Oh ! qu'elle est bonne ! oh ! mes enfants, elle est bien bonne ! Non, mais ce qu'elle est bonne !

COSTARD. — Qu'est-ce qui est?

BOBETTE. — Ça. Ça que tu désirais. Ta femme est au courant de tout, et elle a un amant.

COSTARD. — Non, pas possible?... C'est de la féerie, de la magie blanche.

BOBETTE. — Elle sait tout.

COSTARD. — Comment? par qui?

BOBETTE. — Par moi.

COSTARD. — Oh! que tu es gentille, mon minet!

BOBETTE. — Je lui ai envoyé une lettre anonyme où je la mettais au courant.

COSTARD. — Je ne te blâme pas, au contraire. Mais cependant, pourquoi faisais-tu ça?

BOBETTE. — Les hommes ne comprennent rien, même les plus intelligents.

COSTARD. — Merci.

BOBETTE. — Je me suis dit : « Je veux m'assurer Paul tout à fait, pour longtemps. Il n'y a qu'un moyen, c'est d'apprendre à sa femme qu'il m'est revenu, elle lui fera une vie d'enfer, et il n'aura plus qu'une idée : c'est de la lâcher. » Au lieu de ça, pas du tout, une fois ma lettre reçue, elle est restée charmante avec toi : j'ai pensé aussitôt : « De deux choses l'une : ou elle est plus forte que moi et elle a deviné le coup, ou elle a sa suffisance d'un autre côté, et, dans ce cas, Paul en tient. » J'ai pris alors mes renseignements, et j'ai découvert le petit pot.

COSTARD. — Comment s'appelle-t-il, le petit pot?

BOBETTE. — Jacques Buranty.

COSTARD. — Oh! qu'elle est bonne! oh! mes enfants, elle est bien bonne! non, mais ce qu'elle est bonne! Jacques... avec Alice! Ah! vous aussi, mes bons chéris, vous vous en payez dans la coulisse? Eh bien, nous allons nous amuser. J'ai mon plan, je ne vous dis que ça... celui de Trochu n'était rien à côté. Arrive nous donner des coups de poing, Bobette. Là. Enfile tes gants... une... deux. En garde. (*Ils se mettent en garde.*) Ton bras gauche raccourci sous ton téton gauche, ta main tournée en dedans... C'est bien...

BOBETTE. — Tu es content?

COSTARD. — Si je suis content, Seigneur! Après le jour où je me suis marié, je crois que ce jour-ci est le plus beau de ma vie... Le poing droit à hauteur du menton. Tout à l'heure, j'étais morose, à présent, je suis gai comme un chardonneret, et, quoi qu'il arrive, tu me verras sourire. « Tant que le boxeur sourit, dit le proverbe anglais, il n'a pas perdu. » (*Il lui lance un coup de poing.*) A toi dans le flanc!

— JE VAIS FERMER LA PORTE.

XII

OUVREZ, AU NOM DE LA LOI !

Mme PAUL COSTARD ; JACQUES BURANTY, trente-cinq ans ; l'air doux, sérieux et inquiet ; PAUL COSTARD ; LE COMMISSAIRE DE POLICE ; LA PATRONNE DU FAMILY-HOTEL ; M. GAMBE ; UN AGENT EN BOURGEOIS ; LE PETIT CHIEN PASTILLE.

Une chambre d'hôtel, du côté de l'avenue de la Grande-Armée. Deux heures de l'après-midi, en mars. Jacques Buranty attendait depuis quelques instants, quand Mme Paul Costard entre.

JACQUES. — Enfin !

Mme PAUL COSTARD. — Me voilà. Comment vas-tu ?

JACQUES. — Attends. (*Il se lève.*)

Mme PAUL COSTARD. — Qu'y a-t-il ?

JACQUES. — Je vais fermer la porte. (*Il donne un tour de clef à la porte par laquelle elle vient d'entrer, et pousse le verrou de sûreté.*)

Mme PAUL COSTARD. — Es-tu pressé ! Tu as donc bien peur ?

JACQUES. — Dis-moi. Tout s'est bien passé ?

Mme PAUL COSTARD. — Mais oui, très bien.

JACQUES. — Tu as fait ce que je t'ai recommandé, tu es venue par Neuilly ?

Mme PAUL COSTARD. — Je suis venue par Neuilly ?

JACQUES. — Tu as pris deux sapins, l'un après l'autre ?

Mme PAUL COSTARD. — Deux sapins, l'un après l'autre.

JACQUES. — A la station, pour bien t'assurer que tu n'étais pas suivie ?

Mme PAUL COSTARD. — A la station.

JACQUES. — Tu ne t'es pas montrée à la portière en venant ?

Mme PAUL COSTARD. — Non.

JACQUES. — Tu sais que ta voilette n'est pas assez épaisse, et qu'on te reconnaît à quarante pas.

Mme PAUL COSTARD. — Pas assez épaisse ! Je ne peux pourtant pas me mettre un édredon sur la figure.

JACQUES. — Tu n'as rencontré personne en chemin ?

Mme PAUL COSTARD. — Beaucoup de monde.

JACQUES. — Ah ! mon Dieu !

Mme PAUL COSTARD. — Mais personne de connaissance.

JACQUES. — Comme tu es peu gentille de me faire des peurs pareilles! Et tu as donné un gros pourboire à tes cochers, pour le cas où on t'aurait filée et où on les interrogerait?

Mme PAUL COSTARD. — Vingt sous.

JACQUES. — C'est maigre. A l'avenir, donne deux francs. Enfin, tu es sûre de n'avoir pas été remarquée? Notre petit *buen retiro* n'est pas éventé?

Mme PAUL COSTARD. — Mais non, mais non.

JACQUES. — Je respire. Ote ton chapeau et embrasse-moi.

Mme PAUL COSTARD. — Ce n'est pas dommage. Embrasse-moi, toi, d'abord. (*Il l'embrasse.*) Ah! j'espère que tu en prends des précautions!

JACQUES. — On n'en prend jamais assez, quand on est dans notre cas.

Mme PAUL COSTARD. — Dans notre cas! Croirait-on pas que nous faisons une chose extraordinaire, et qui n'arrive qu'à nous?

JACQUES. — Si. Elle se fait beaucoup, évidemment, et nous ne sommes pas les seuls à nous aimer de cette manière... Ça n'empêche pas, ma chère enfant, qu'il faut prendre des précautions, beaucoup de précautions, tu m'entends?

Mme PAUL COSTARD. — Eh bien, j'en prends. Tu n'as rien à me reprocher. Parlons de nos affaires.

JACQUES. — ... Parce que tu comprends que ça serait très... mais très embêtant si nous nous faisions pincer. Non, te représentes-tu ce coup de théâtre, si à la minute...

Mme PAUL COSTARD. — Oh! assez, assez!... Tout le temps que tu passes avec moi, tu l'emploies à trembler. C'est assommant.

JACQUES. — Mais, ma chère petite...

Mme PAUL COSTARD. — Rien du tout. Plus un mot là-dessus. Je ne t'ai pas vu depuis avant-hier. Quoi t'as fait depuis avant-hier?

JACQUES. — Un tas de machines.

Mme PAUL COSTARD. — Raconte.

JACQUES. — J'ai été au concert du cercle; j'ai déjeuné hier matin à la maison.

Mme PAUL COSTARD. — Comment va-t-elle?

JACQUES. — Ma femme? Toujours pareil. Plutôt pas bien. Ah! il y a des instants où elle m'inquiète.

Mme PAUL COSTARD. — L'as-tu fait voir à Charcot?

JACQUES. — Non. A quoi bon? On a tout essayé.

Mme PAUL COSTARD. — Qu'est-ce que ça prouve? Fais-la donc voir à Charcot. Est-ce qu'on sait? Quelquefois... Et puis, après?

JACQUES. — Après, j'ai été hier aux courses à Auteuil, où j'ai perdu les trois favoris. Je n'ai de chance d'aucun côté!

Mme PAUL COSTARD. — Le soir?

JACQUES. — Une séance à l'Opéra. Mauri a fait un parcours bien joli. Ce matin j'ai mouché une demi-douzaine de cartons chez Renette, j'ai bien déjeuné chez Chevillard et voilà ton Jacquot.

Mme PAUL COSTARD. — Il y avait longtemps que tu m'attendais?

JACQUES. — Dix minutes.

Mme PAUL COSTARD. — Es-tu venu directement?

JACQUES. — Directement! ah çà, tu es folle. Non, en sortant de chez Chevillard, j'ai pris un sapin et je me suis fait mener rue du Rocher, à l'endroit du pont de la rue Portalis, — c'est un truc à moi, excellent comme tu vas voir. — Là, je suis descendu, j'ai payé, j'ai regardé à droite et à gauche s'il n'y avait rien de suspect, et puis j'ai dégringolé quatre à quatre l'escalier qui mène rue Portalis. Un fiacre passait, j'ai sauté dedans en criant bien haut (quelquefois on a des sales gens autour de soi qui guettent les adresses) 12, rue Gribauval! la rue Gribauval est une petite rue du faubourg Saint-Germain qui n'a pas de douze. Quand le cocher a eu fait trente mètres, alors seulement je lui ai dit : « Non, cocher, menez-moi place de la Concorde, au coin du pont. » Là, je l'ai lâché et j'ai pris le bateau, jusqu'à l'Alma. Avec le bateau pas de danger! on voit tout à son aise la tête des personnes qui descendent en même temps que vous. A l'Alma, j'ai pris un fiacre fermé, que j'ai réglé en chemin, et qui m'a déposé au coin de la rue, devant le bureau des Messageries,

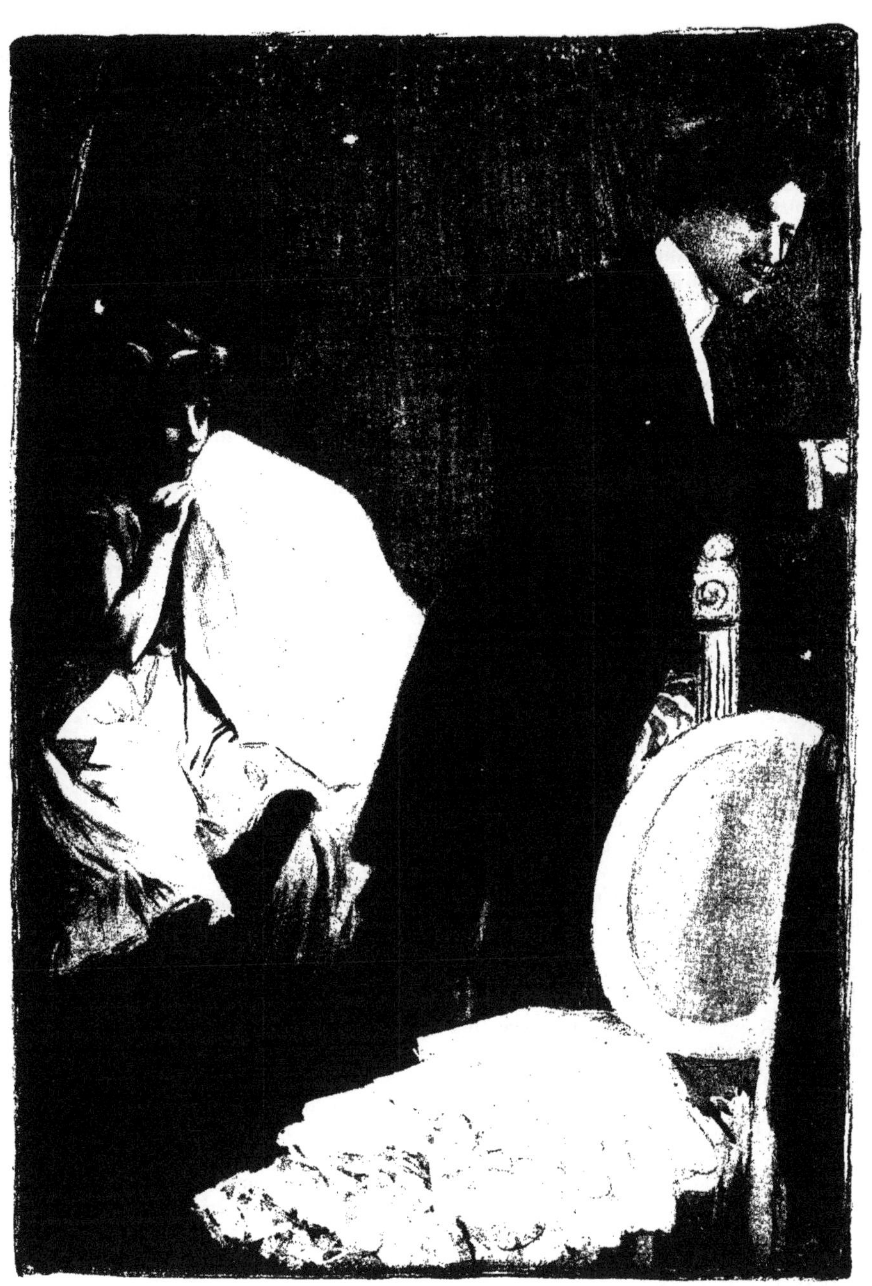

— Heureusement que je suis encore habillé. Mais toi ?

parce que je n'ai pas été assez serin pour lui donner le numéro de l'hôtel. Dis que je suis roublard?

Mme PAUL COSTARD. — Non, tu as une peur bleue.

JACQUES. — Es-tu drôle! je n'ai pas peur pour un sou! je ne veux pas être pincé, voilà toute l'affaire!

Mme PAUL COSTARD. — Pincé! qui veux-tu qui nous pince! ce n'est pas ta femme. Elle ne sait rien. Et puis elle saurait qu'elle en rirait.

JACQUES. — C'est vrai, elle rit de tout.

Mme PAUL COSTARD. — Pour ne pas être obligée d'en pleurer, comme dit...

JACQUES. — Voltaire, je sais. Ne fais pas le professeur.

Mme PAUL COSTARD. — Tu tombes mal, mon cher ami, c'est Beaumarchais.

JACQUES. — Oui, Beaumarchais. Mon Dieu! Beaumarchais, Voltaire, c'est de la même époque... deux hommes d'esprit... on peut se tromper.

Mme PAUL COSTARD. — Sans doute, je ne t'en veux pas. Ce n'est pas non plus mon mari?

JACQUES. — Eh! eh! Pas sûr.

Mme PAUL COSTARD. — Allons donc! Il trompe Bobette Langlois avec moi, il n'y a rien à craindre de son côté.

JACQUES. — C'est vrai. Aussi je suis content, va, que notre petit nid reste bien caché, bien ignoré. Une fois que je suis ici, je me sens rassuré, je ne m'inquiète plus de rien.

Mme PAUL COSTARD. — Il y paraît. Et tu appelles ça un nid, toi? Tu n'es pas difficile.

JACQUES. — Un peu de patience, ma pauvre enfant. Ça n'est pas Trianon, j'en conviens, mais enfin c'est ce qu'on peut trouver de mieux, c'est propre, c'est clair... Et puis, tu sais que c'est en attendant mon rez-de-chaussée, qui est en train.

Mme PAUL COSTARD. — Il se fait joliment désirer, ce rez-de-chaussée.

JACQUES. — Ce n'est pas faute que je presse les tapissiers. Il sera terminé dans huit jours. Tu verras, ça sera gentil. Et puis c'est organisé!... de première!... Triple sortie, dont une par les caves. Pas moyen d'être pincé.

Mme PAUL COSTARD. — Toujours! Mais tu ne penses donc qu'à ça?

JACQUES. — Toi, tu n'y penses pas assez. Défais-toi, tiens... ça vaudra mieux que de perdre notre temps en discussions.

Mme PAUL COSTARD. — Tire les rideaux de la fenêtre... pas ceux-là... les grands rideaux.

JACQUES. — Nous n'allons plus voir clair.

Mme PAUL COSTARD. — C'est précisément ce que je veux.

JACQUES. — Quelle manie! (*Il les tire. La chambre est sombre.*) Là, tu es contente, nous voilà dans la nuit. Où es-tu?

Mme PAUL COSTARD. — Je suis là, n'aie pas peur, je ne suis pas envolée.

JACQUES. — Comme c'est réjouissant de s'affectionner à tâtons!

Mme PAUL COSTARD. — Je te conseille de te plaindre.

JACQUES, *qui l'a prise dans ses bras.* — Tu m'aimes?

Mme PAUL COSTARD. — Mais oui, tu le sais bien.

JACQUES. — Tu m'aimes... mais là, beaucoup?

Mme PAUL COSTARD. — Si tu veux. Et toi?

JACQUES. — Moi, je t'aime à la folie.

Mme PAUL COSTARD. — Qu'est-ce que tu serais capable de faire pour moi?

JACQUES. — A première vue, je ne peux pas le dire, mais bien des choses.

Mme PAUL COSTARD. — Des choses qui te coûteraient?

JACQUES. — Mais oui. Tu n'as pas froid? Tu as les bras glacés.

Mme PAUL COSTARD. — Il ne fait pas très chaud.

JACQUES. — C'est ce feu qui ne marche pas. Je vais l'arranger.

Mme PAUL COSTARD. — N'y touche pas, ça va fumer comme la dernière fois, et nous serons obligés d'ouvrir les fenêtres.

JACQUES. — Tu as raison. Mais ne reste pas comme ça à l'air, tu vas attraper du mal. Couche-toi.

Mme PAUL COSTARD. — Oh! que ça m'ennuie!

JACQUES. — Force-toi. Tu sais bien qu'après, tu ne le regrettes pas.

Mme PAUL COSTARD. — Ça m'ennuie joliment, va !

JACQUES. — Tu n'es pas raisonnable, mon petit chat. Voyons ? sois à moi de bon cœur. Tu n'aimes donc plus ton Jacques !

Mme PAUL COSTARD. — Mais si, j'aime mon Jacques !

JACQUES. — Eh bien, alors !

Mme PAUL COSTARD. — Soit, mais c'est égal...

JACQUES. — Chut. Dis pas de vilaines affaires. Tu vas nous gâter tout notre plaisir !

Mme PAUL COSTARD. — Notre plaisir !

JACQUES. — Comme tu en parles ! Est-ce que nous ne sommes pas heureux ici, dans cette bonne petite chambre bien close, bien chaude ?

Mme PAUL COSTARD. — Bien chaude, bien chaude...

JACQUES. — Tu me comprends, c'est au moral... Est-ce que nous n'oublions pas tout au monde entre ces quatre murs ?

Mme PAUL COSTARD. — Oui.

JACQUES. — Tu n'as pas l'air convaincue ?

Mme PAUL COSTARD. — Mais si.

JACQUES. — A la bonne heure, parce que tu serais une ingrate. Ainsi moi, tiens, à cette minute, je suis complètement satisfait, je suis tranquille, joyeux, très joyeux. Et toi ?

Mme PAUL COSTARD. — Est-ce que tu ne t'en aperçois pas ?

JACQUES. — Chère Alice ! (*On entend des bruits de pas dans le couloir.*) Ecoute donc. Tu as entendu ? (*Un temps.*)

Mme PAUL COSTARD. — Oui, on a marché dans le couloir. Eh bien, après ?

JACQUES. — On dirait qu'on a marché doucement, comme si on prenait des précautions.

Mme PAUL COSTARD. — Tu es ridicule ! Ce sont des gens de la maison, d'autres locataires.

JACQUES. — Ou des femmes de chambre.

Mme PAUL COSTARD. — Mais oui.

JACQUES. — Tout de même, moi qui n'ai jamais peur, j'ai eu là un peu peur, je l'avoue... Chut ! tais-toi, ça recommence. Je t'assure, Alice, qu'on stationne et qu'on parle derrière notre porte, là, derrière notre porte.

Mme PAUL COSTARD. — Non.

JACQUES. — Si... (*On frappe à la porte*

— POUR LA SECONDE FOIS, VOULEZ-VOUS OUVRIR ?

doucement, toc, toc. Ils se regardent en agitant les bras en silence. On refrappe.)

JACQUES, *d'une voix molle.* — Quoi... qui est là ?

LA VOIX, *une voix de femme.* — C'est moi.

JACQUES, *qui a reconnu la voix de la patronne et qui reprend de l'aplomb.* — Qui ça, vous ?

LA VOIX. — Moi, Mme Daniel.

JACQUES. — Qu'est-ce que vous voulez ?

LA VOIX, *très polie.* — Rien. Voudriez-vous m'ouvrir, s'il vous plaît ?

JACQUES. — Mais qu'est-ce que vous voulez ?

LA VOIX, *toujours pareille.* — Je voudrais que vous ouvriez, monsieur, s'il vous plaît ?

JACQUES. — Vous vous moquez de moi, je vous demande...

UNE VOIX D'HOMME. — En voilà assez. Au nom de la loi...

Mme PAUL COSTARD. — Cette fois-ci !...

UNE VOIX D'HOMME. — Ouvrez, je suis le commissaire de police.

(*Un grand silence. Un petit chien jappe.*)

Mme PAUL COSTARD, *bas.* — C'est mon mari. Ah ! le gredin, il a emmené Pastille pour mieux me trouver.

JACQUES. — Tu vois ! Qu'est-ce que ça serait si je n'avais pas pris mes précautions ! Ça y est. Nous y sommes. Ah ! mon Dieu ! mon Dieu !

Mme PAUL COSTARD. — Eh bien ! oui, parbleu, ça y est. Tant pis. Après nous le divorce.

JACQUES. — Heureusement que je suis encore habillé. Mais toi ?

LA VOIX D'HOMME. — Une fois, voulez-vous ouvrir ?

LE CHIEN. — Ouap ! Ouap !

Mme PAUL COSTARD. — Elle me sent, la pauvre petite !

JACQUES. — Habille-toi, je vais t'aider. Où est ta voilette ?

Mme PAUL COSTARD. — Tu perds la tête, il me faut au moins un quart d'heure.

JACQUES. — Alors file.

Mme PAUL COSTARD. — Par où, par la cheminée ?

JACQUES. — Non, par... par... C'est qu'il n'y a pas d'issue... pas une.

Mme PAUL COSTARD. — Il n'y a que la fenêtre. Un troisième. Non, je n'ai qu'une chose à faire. C'est de me coucher.

JACQUES. — Quelle folie ! tu vas me compromettre tout à fait. Et puis, si tu te couches, tu avoues, c'est comme si tu avouais...

LA VOIX D'HOMME. — Pour la seconde fois, voulez-vous ouvrir ? (*Pas de réponse.*) Allez me chercher un serrurier.

Mme PAUL COSTARD. — Ouvre-leur, va, ouvre.

JACQUES. — Rhabille-toi. Tu as le temps... Ah ! mon Dieu, retire vite le second oreiller : Alice, rhabille-toi, Alice.

Mme PAUL COSTARD. — Ouvre. Je ne bouge pas. Ouvre. Ouvre.

JACQUES. — Alice ! Alice ! tu me perds, mon enfant, tu me perds ! Tu ne veux pas m'obéir dans un moment pareil, je me le rappellerai ! C'est mal !

Mme PAUL COSTARD. — Ouvre, je te dis ; ouvre, animal, ou j'y vais moi-même !

JACQUES. — Oh ! les femmes des amis ! Dans quel sacré de sacré de pétrin !... C'est toi qui l'auras voulu. Mon chapeau. (*Il le prend et se couvre. Puis, il va vers la porte sur laquelle on commence à cogner.*) Arrêtez, pas de scandale, j'ouvre. (*Et il ouvre. Tout le monde entre. Pastille bondit sur le lit en poussant des cris de joie. Le commissaire de police et M. Gambe, de la Sûreté, gardent leur chapeau sur la tête. L'agent en bourgeois ouvre les rideaux de la fenêtre près de laquelle se tient debout Jacques Buranty. Mme Paul Costard est assise sur le bord du lit, impassible en apparence, avec une flamme de bravade dans le regard. La patronne du Family-Hôtel sourit d'un air gêné.*)

COSTARD, *très chic, une fleur à la boutonnière, au commissaire.* — Constatez.

BURANTY, *faisant un pas vers le commissaire et avec volubilité.* — Monsieur, malgré les apparences, croyez que madame est une amie, rien qu'une amie...

COSTARD. — Elle est raide !

BURANTY, *à Costard.* — Vous...

COSTARD. — Plaît-il ?

LE COMMISSAIRE. — Messieurs, pas d'altercation. (*A Costard, en lui désignant Mme Paul Costard.*) Reconnaissez-vous madame pour votre femme ?

COSTARD. — Je la reconnais.

LE COMMISSAIRE, *s'adressant à Mme Paul Costard.* — Et vous, madame, vous reconnaissez bien monsieur pour votre mari ?

Mme PAUL COSTARD, *d'une voix qui veut être assurée.* — Oui.

LE COMMISSAIRE. — Je n'ai plus qu'à faire les constatations légales. (*A la patronne du Family-Hôtel.*) Donnez de quoi écrire. (*A Costard.*) Monsieur, votre présence n'est plus nécessaire, je vais interroger monsieur. (*Il désigne Buranty.*)

COSTARD. — C'est ça, interrogez-le, et puis s'il ne veut pas se nommer, je vous le dirai, son nom...

LE COMMISSAIRE. — Je sais ce que j'ai à faire, je vous prie de vous retirer et d'aller m'attendre au commissariat. Dans cinq minutes, monsieur (*Il désigne Burantу.*) voudra bien se retirer également ; nous laisserons ensuite madame quelques instants seule, afin qu'elle puisse réparer le désordre de sa toilette, et elle nous rejoindra à mon cabinet sous la conduite de mon secrétaire.

COSTARD. — C'est bon, à tout à l'heure.

LE COMMISSAIRE, *à l'agent de la Sûreté.* — Gambe, allez avec monsieur, je n'ai pas besoin de vous. (*Costard et Gambe sortent ensemble. Ils descendent l'escalier en silence. Tout le personnel du garni est aux aguets sur les paliers. Les voilà sur le trottoir.*)

GAMBE. — Eh bien, depuis un mois qu'on y travaille, on y est tout de même arrivé ? Ils avaient beau jouer à cache-cache, les voilà brûlés.

COSTARD. — Oui, ça a plutôt trop bien marché.

GAMBE. — C'est égal, je voudrais que vous vous verriez dans une glace. Vous n'avez pas bonne mine. On blague avant, et puis au moment, ça fait une sensation, hein?

COSTARD, *avisant un café.* — Entrons prendre quelque chose. C'est le jour où je régale.

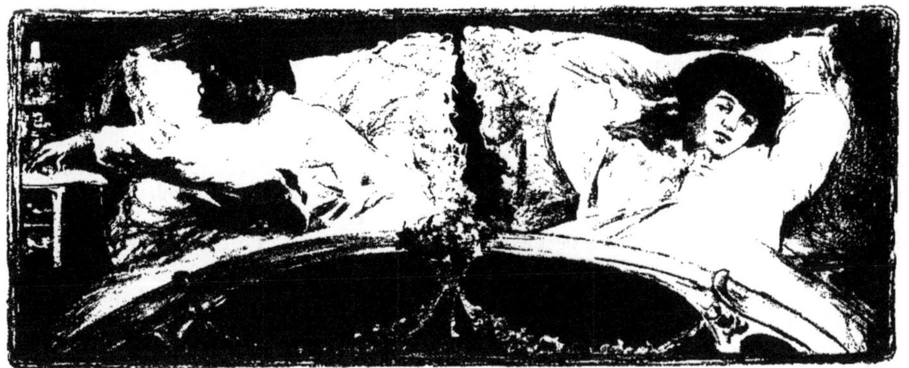

— Ah! je suis reposée, je suis retapée. Quel temps dehors?

XIII

LA REVANCHE

PAUL COSTARD; BOBETTE LANGLOIS; M. LABOSSE; Le commissaire de police; M. GAMBE; ERNESTINE; Le caniche Arcachon.

Dans le petit hôtel nouvellement acquis par Bobette, et situé à proximité de l'avenue du Bois. Sept heures du matin, fin de mars. Chambre à coucher de Bobette extra-voluptueuse. Elle et Costard sont au lit. Ils s'éveillent.

Bobette. — Quelle heure?

Costard, *qui allonge le bras et prend sa montre sur la table de nuit.* — Sept heures.

Bobette, *avec un soupir satisfait.* — Ah! je suis reposée, je suis retapée. Quel temps dehors?

Costard. — Il a l'air de faire beau. Moi, je suis crevé, je n'en peux plus. Tu as voulu me traîner hier à ce bal, et nous nous sommes couchés tard. Nous sortons trop depuis quelque temps, ma reine.

Bobette. — Ne regrette rien. Tu as été très gentil à ce bal. Tu étais dans les amants les mieux. Vois-tu, Paul, ce qu'il y a de chic dans toi, dans ton élégance, c'est que tu es un homme du soir.

Costard. — C'est vrai, aussi, dame, il ne faut pas me voir le matin. Tu n'as pas idée de ce que je suis fatigué! tiens, redormons un peu.

Bobette. — Tu veux encore dormir? Moi qui n'ai plus sommeil. Reprends-moi donc l'histoire d'hier, ta femme et Buranty. Oh! mes enfants!

Costard. — Je te l'ai racontée tout au long.

Bobette. — Tu me l'as dite en tas, en gros. Mais je n'ai pas les détails. Les détails dans ces culbutes-là, c'est ce qu'il y a toujours de plus amusant. Va donc, tu me feras si plaisir!

Costard. — Quelle enfant tu fais! Comme tu es peu sérieuse!

Bobette. — Va. Alors, tu étais, n'est-ce pas, hier à midi et demie, au cercle, quand on t'a dit qu'un monsieur qui ne voulait pas se nommer te demandait. Tu as pensé aussitôt : Quel monsieur?

Costard. — Oui. Tu vois bien que tu sais les détails.

Bobette. — Ça ne fait rien. Recommence. Tu es descendu. C'était ton agent de la Sûreté?

Costard. — M. Gambe, effectivement, ancien brigadier de la Sûreté, qui travaille maintenant en amateur, dans l'intérêt des familles.

Bobette. — Va-t-en ville, coupe les chats et les oreilles.

Costard. — Il a surtout une grosse clientèle d'aristocratie.

Bobette. — Ça devait être. Pour avoir des raisons avec la justice, il n'y a pas pire que la noblesse.

COSTARD. — C'est inouï, ce qu'il a pincé d'hommes et de femmes du faubourg! Et des gens de vertu inattaquable!

BOBETTE. — Oui, des gens qu'on n'aurait jamais méfié, des femmes qui allaient à la messe ; eh bien, lui, ton agent, il ouvrait l'œil et il arrivait à les pincer au lit un bon matin, en pleines toiles, en train de piétiner sur leur blason.

COSTARD. — Absolument.

BOBETTE. — Il me va. J'aimerais bien le connaître. Pourrais-tu me le présenter?

COSTARD. — Ce n'est pas impossible.

BOBETTE. — A présent, vous devez être amis? Tu l'amèneras un jour, n'est-ce pas? prendre une tasse de thé.

COSTARD. — Oui, nous verrons.

BOBETTE. — Tu es gentil. Sans compter qu'il doit en savoir, et long, sur le monde, hein? Crois-tu tout de même, s'il parlait?

COSTARD. — Ça serait effrayant. Mais il est très discret. Jamais un mot.

BOBETTE. — Zut alors! si c'est comme les curés pour les péchés.

COSTARD. — C'est le secret professionnel, mon enfant. Tu ne révélerais pas, toi, les secrets de tes anciens amis. Suppose que Gambe aille raconter demain l'histoire de ma femme avec Buranty?...

BOBETTE. — Eh bien, après? Qu'est-ce que tu veux que ça me fiche?

COSTARD. — Ah! mais, moi pas!

BOBETTE. — Je te croyais au-dessus de ces choses-là?

COSTARD. — Je suis au-dessus. Mais j'aime autant pas.

BOBETTE. — Continue. Tu trouves M. Gambe au bas de l'escalier du cercle? Qu'est-ce qu'il te dit?

COSTARD. — Il me dit : « Monsieur, ça y est; je crois qu'il faut tirer la dent aujourd'hui. En ce moment, ils sont tous les deux à leur petit hôtel. Il va être une heure, ils en ont pour une bonne séance. Vers les alentours de deux heures, ça sera l'instant de leur faire visite. Venez-vous? »

BOBETTE. — Alors, tu sautes sur ton chapeau? Etais-tu content?

COSTARD. — C'est selon. — J'étais... affecté. Au bout de trois pas, l'idée me jaillit d'aller à la maison chercher Pastille pour être sûr de tomber à l'hôtel sur la bonne porte.

BOBETTE. — Es-tu canaille, tout de même!

COSTARD. — Parce que nous n'étions pas arrivés à découvrir la chambre qu'ils occupaient, et à quel étage.

BOBETTE. — Tu communiques ça à ton Vidocq?

COSTARD. — « Excellent! qu'il me répond. Quel policier vous auriez fait! »

BOBETTE. — A la bonne heure! En voilà un au moins qui t'apprécie.

COSTARD. — Je cours à la maison, je cueille Pastille, pendant que l'autre m'attendait en bas, et, en voiture, nous allons tous les trois, Gambe, l'insecte et moi, chez le commissaire, qui était prévenu depuis une quinzaine et qui avait en poche bon mandat du juge d'instruction, bien en règle. Il aurait pu être sorti...

BOBETTE. — Nom d'un bonhomme!

COSTARD. — Nous le trouvons

BOBETTE. — Veine! Vive Carnot!

COSTARD. — Ça l'embêtait bien un peu de se déranger. Mais enfin, il lâche tout de même son journal.

BOBETTE. — Tiens! C'est-il pas son métier de faire constater les mœurs!

COSTARD. — Il ouvre un tiroir où il y avait son écharpe, tout près de sa calotte et de ses lunettes ; il la prend, il la déroule et il se l'attache autour du corps, sous sa redingote. Mais tu sais? il se l'attache bêtement, trop haut sous les aisselles. Rien du chic anglais.

BOBETTE. — Quel homme, à part ça? Gentil?

COSTARD. — Ni gentil ni désagréable. Au fond, un trembleur. Si tu l'avais vu, il faisait une tête contrariée, mais une tête! à croire que c'était lui le mari.

BOBETTE. — Continue : il est sanglé...

COSTARD. — Vite, il appelle un de ses chiens...

BOBETTE. — Alors ça en faisait deux?

COSTARD. — Mais non, tu n'y es pas. Le chien du commissaire, un de ses agents que je veux dire.

BOBETTE. — Compris.

COSTARD. — Tout de suite il s'amène, et nous voilà en route pour l'hôtel.

— Ah ! bien, par exemple, celle-là !... celle-là..

BOBETTE. — Loin, l'hôtel.

COSTARD. — Cinq minutes.

BOBETTE. — Vous étiez à pied ?

COSTARD. — Oui, à pattes.

BOBETTE. — De quoi parliez-vous ?

COSTARD. — De rien. Chacun pensait. Une drôle de chose, tiens ? Je m'imaginais que les passants se doutaient et ça m'embêtait.

BOBETTE. — Pourquoi ? Il n'y a pas de déshonneur.

COSTARD. — Sans doute, mais tant d'imbéciles n'envisagent pas les questions graves à leur vrai point de vue.

BOBETTE. — Qu'est-ce que ça te fait ? Vous arrivez à l'hôtel. Décris-moi, dis-moi bien les tenants et les aboutissants.

COSTARD. — Un petit hôtel très discret. Pas de bruit. Des plantes vertes. Personne sur le seuil. En bas, une porte vitrée : le bureau. Nous entrons.

BOBETTE. — Tous ?

COSTARD. — Non, le commissaire le premier et moi derrière. Les autres, l'agent et M. Gambe, restent sur le carré. La dame de l'hôtel rangeait du linge. Une grosse femme, avec une bonne figure et des bandeaux gris, l'air très comme il faut.

BOBETTE. — Je vous demande un peu ! Si ça n'est pas dégoûtant !

COSTARD. — Elle se lève et vient à nous. Alors le commissaire entre dans la cadence : « Pardon, madame, est-ce que vous n'avez pas ici, à votre hôtel, en ce moment, une jeune dame blonde, en noir, qui est venue il y a une heure avec un monsieur brun, de trente à trente-cinq ans ? » Elle allait mentir, la bougresse, et dire qu'elle ne savait pas ce qu'on lui voulait. Mais le commissaire a déboutonné alors son paletot, et en lui faisant voir le drapeau qu'il avait sur l'estomac : « Allons, pas de blagues ni d'histoires, je suis le commissaire de police. Menez-nous tout de suite à la chambre où sont ce monsieur et cette dame, et si vous avez le malheur de les prévenir ou de les faire filer, on vous fermera votre boîte. » Elle était devenue très pâle, la grosse dame ; à la fin seulement elle a souri, et, comme si elle se rappelait tout à coup : « Ecoutez ! Ils sont au 14. Montez doucement. Je vous précède. » Elle passe devant, et nous la suivons.

BOBETTE. — Elle n'est pas rosse à moitié ! Et Pastille au milieu de tout ça ?

COSTARD. — C'est moi qui la tenais dans mes bras où elle se débattait comme trois anguilles. Elle voulait aboyer, elle me mordait, j'avais toutes les peines du monde à l'en empêcher. Je pensais : « Si elle part à chanter, elle va leur donner l'alerte. » Ah ! j'avais un fichu regret de l'avoir emmenée. Enfin, nous montons comme ça un étage à la file indienne, — bons tapis, — et nous déballons sur la pointe du pied devant une petite porte sur laquelle il y avait en noir le chiffre 14. Cré nom d'un lapin !

BOBETTE. — Ah ! ne t'arrête pas !

COSTARD. — Ça t'intéresse ?

BOBETTE. — Plus encore. Je sais pas ce que je donnerais pour avoir été là ! Va. Alors...

COSTARD. — Alors, la dame de l'hôtel nous fait signe de ne pas broncher, et avec son doigt elle frappe deux petits coups, toc, et encore toc. (*A ce moment même on frappe deux petits coups à la porte de leur chambre. Costard s'arrête et regarde Bobette, un peu interloqué. Un silence au bout duquel Costard dit :* Entrez. *La domestique Ernestine paraît.*)

BOBETTE. — Ah ! c'est vous, Ernestine.

COSTARD. — Qu'est-ce qu'il vous faut ?

BOBETTE. — Pourquoi nous dérangez-vous ?

ERNESTINE. — Mais, monsieur, mais, madame, c'est des personnes qui sont là...

COSTARD. — Hein, quoi ? quelles personnes ?

ERNESTINE. — Des personnes qui disent qui veulent entrer malgré...

UNE VOIX D'HOMME, *derrière la porte.* — Oui, c'est moi, le commissaire de police. Au nom de la loi.

BOBETTE. — Ah, bien, par exemple ! celle-là !... celle-là...

COSTARD. — Elle est royale ! Ah ! c'est comme ça ? Vous nous la faites aussi à nous ? Tant pis donc ! (*Criant.*) Entrez, messieurs, allez ! Comme chez vous ! C'est pas l'heure où nous recevons, mais nous sommes tout de même visibles !

BOBETTE, *se recalant dans ses oreillers.* — Entrez, puisque vous êtes là ! (*A Cos-*

tard.) Mais tu sais, Loulou, elle me paiera ça, ta sale femme! (*Le commissaire est entré, avec Gambe et M. Labosse.*)

COSTARD, *regardant le commissaire et poussant un cri.* — C'est vous! (*A Bobette.*) Chatte, c'est lui!

BOBETTE. — Qui ça, lui?

COSTARD. — C'est le même commissaire! (*Apercevant Gambe.*) Avec Gambe, ce bon Gambe! Tiens, Bobette toi qui voulais le connaître, te voilà servie. Non, mais quelle fête!

BOBETTE, *s'adressant à M. Labosse, qu'elle prend pour l'agent de la Sûreté.* — Ah! monsieur, permettez-moi de vous dire que ça n'est guère chic ce que vous faites là, de vous être mis contre nous.

COSTARD. — Tu te trompes, le voilà, Gambe. (*Il lui montre l'agent qui fait un petit signe de tête.*)

BOBETTE, *désignant Labosse.* — Alors et celui-là?

COSTARD. — C'est beau-papa.

BOBETTE. — Ah! c'est lui! (*A Labosse.*) Eh bien, m'sieur, je ne vous fais pas non plus mes compliments. Votre gendre m'avait dit souvent que vous n'étiez qu'un vieux voyeur, je m'aperçois qu'il tapait juste.

LABOSSE. — Mademoiselle...

COSTARD. — Elle a un peu raison. Qu'est-ce que vous venez nous embêter ici?

LABOSSE. — Je remplace ma fille.

BOBETTE. — En ce cas, vous vous êtes trompé de porte. Allez chez le jeune Buranty.

LE COMMISSAIRE. — Il ne s'agit pas de tout ça. Soyons pratiques. (*A M. Labosse.*) Reconnaissez-vous monsieur (*Il montre Costard au lit.*) pour votre gendre?

M. LABOSSE. — Sûr, que je le reconnais.

— MORDS LE VIEUX, BRRRRA, LA, DANS SES VIEUX MOLLETS, MORDS-LE.

LE COMMISSAIRE, *à Costard.* — Et vous, monsieur, reconnaissez-vous monsieur (*Il montre M. Labosse.*) pour votre beau-père?

COSTARD. — N'y en a pas deux comme lui. Oui, je le reconnais.

LE COMMISSAIRE. — Ça suffit. Je vais dresser procès-verbal. (*Il a l'air de chercher quelque chose.*)

COSTARD, *au commisaire.* — Je sais comment ça se passe. Vous voulez une plume et de l'encre? On va vous procurer vos ustensiles. (*Appelant Ernestine. La domestique paraît.*) Ernestine, monsieur est le commissaire de police, et l'autre monsieur est mon beau-père ; tous les trois sont des amis. Soyez polie pour eux, ma fille, plus que pour nous, si c'est possible, conduisez-les au petit salon, et donnez-leur de quoi écrire. (*S'adressant à l'agent.*) Vous, Gambe (*Et à son beau-père.*) et vous, beau-papa, vous serez bien gentils d'accompagner par là monsieur de la Loi, pendant que cette jeune dame (*Il désigne Bobette.*) et ce beau garçon (*Il se désigne.*), qui reposent ensemble, vont se lever et réparer un peu, comme on dit, le désordre de leur toilette. Allez. Dans un instant, nous vous rejoignons, et alors (*Se dressant sur son séant.*), alors, j'espère, Mme Langlois et moi nous espérons, que vous voudrez bien, tous les trois, nous faire l'honneur et le plaisir d'accepter une tasse de thé. On dansera.

M. LABOSSE. — Vous oubliez, mon cher monsieur...

COSTARD. — Pas de simagrées. Vous en avez avalé bien d'autres ! Vous, Gambe, vous ferez parbleu ce que fera le commissaire, et je suis sûr qu'il ne nous refusera pas.

BOBETTE, *au commissaire.* — Acceptez, monsieur, vous ne pouvez pas nous faire tous les affronts à la fois ?

LE COMMISSAIRE. — Je ne dis pas... nous verrons après.

BOBETTE. — A la bonne heure. En attendant (*Elle s'adresse à tous*), dérapez. (*Au moment où ils sortent, le caniche Arcachon entre en bondissant.*)

COSTARD, *lançant Arcachon sur son beau-père.* — Arcachon ! Kss... kss... kss... Mords le vieux, rrrrrâ, là, dans ses vieux mollets, mords-le. (*Arcachon s'élance.*)

M. LABOSSE, *qui se défend.* — Paul... c'est stupide ! c'est très bête... Rappelle ton animal ou je cogne dessus. (*Il s'échappe et ferme la porte. Bobette et Costard, toujours au lit, se regardent un instant, à la fois amusés et soulagés.*)

BOBETTE. — Au fond, ça ne s'est pas trop mal passé.

COSTARD. — Mais il n'y a qu'à leur parler poliment, ils sont tout de suite très gentils. Et puis, ça vaut-il la peine de se frapper ? Avant-hier, c'était ma femme, il se trouve que, ce matin, c'est moi. Chacun son tour. Bouci-boula ! Embrasse-moi, va, ma poulotte. (*Elle l'embrasse.*) Mieux que ça.

BOBETTE. — Comment ! L'émotion ne te démonte pas ? Bravo !

COSTARD. — Voilà comme je suis, moi, après les flagrants délits !

BOBETTE. — Alors, à la santé du commissaire ! (*Au caniche.*) Arcachon, vilain toutou, voulez-vous ne pas regarder ?

COSTARD. — Ecoute, renvoie-le. Il me gêne.

— Alors, ils sont tous là?

XIV

AU PALAIS DE JUSTICE

M. BARNOUX, juge d'instruction, cinquante ans, un grand qui grisonne, l'air perspicace, ferme et doux; PAUL COSTARD; Mme PAUL COSTARD; JACQUES BURANTY; BOBETTE LANGLOIS; SAPIN, le greffier; Un garçon de service.

Au Palais de Justice, le cabinet de M. Barnoux, au premier, donnant sur le boulevard par deux petites fenêtres. Acajou et drap vert. Le greffier est installé à sa table.

M. Barnoux. — Alors, ils sont tous là?

Sapin. — Oui, monsieur. Mme Costard est dans le petit cabinet. Son mari est dans la grande galerie, avec Mme Bobette Langlois.

M. Barnoux. — Et M. Buranty?

Sapin. — Il est arrivé aussi. Il se promène dans le passage vitré. Tous les témoins sont au complet.

M. Barnoux. — C'est bien. Passez-moi le dossier, les deux dossiers. (*Le greffier les lui passe. Il les pose sur sa table, et va ouvrir la porte du cabinet où attendait Mme Paul Costard.*) Madame, veuillez entrer. (*Elle entre. Tenue soignée, sombre. La distinction dans le malheur.*) Asseyez-vous. (*Elle s'asseoit.*) Je suis fâché, madame, de vous avoir dérangée une fois de plus, mais il le fallait.

Mme Paul Costard. — Inutile de vous excuser, monsieur, cela ne m'a pas dérangée.

M. Barnoux. — Rassurez-vous. Je crois que c'est la dernière. Depuis que j'ai eu l'honneur de vous voir, avez-vous réfléchi?

Mme Paul Costard. — Qu'entendez-vous par réfléchi? J'ai vécu comme à l'ordinaire.

M. Barnoux. — Avez-vous pensé à l'avenir? Que comptez-vous faire désormais?

Mme Paul Costard. — Je n'en ai pas idée. Ce qui me plaira. Avant tout, je ne veux plus avoir d'ennuis. Pour moi, la vie est à présent une chose embarrassante à mener, convenez en.

M. Barnoux. — Cela dépend.

Mme Paul Costard. — Qu'est-ce que vous feriez si vous étiez à ma place?

M. Barnoux. — Vous avez le bonheur d'avoir encore Mme votre mère, je me retirerais chez elle.

Mme Paul Costard. — Pour toute la vie?

M. Barnoux. — Momentanément, pour un petit laps...

Mme Paul Costard. — Va pour le petit laps... Et puis après? Qu'est-ce que je ferai chez ma mère? Du crochet? A quoi est-ce que je passerai mon temps? Où ça me conduira-t-il?

M. Barnoux. — Au calme, à la paix.

Mme Paul Costard. — Et puis à la vieillesse. Je déteste ça.

M. Barnoux. — Qui vous dit que d'ici à quelques années, il ne se présentera pas un honnête homme...

Mme Paul Costard. — Me remarier? Halte! Il faut trop de choses : que je sois séparée ou divorcée, ou que mon mari meure. Et puis quand même... Non. J'ai essayé du mariage une fois. Ça me suffit.

M. Barnoux. — Vous êtes aigrie, madame? Déjà?

Mme Paul Costard. — Je trouve qu'il y a lieu.

M. Barnoux. — Quel malheur que vous n'ayez pas d'enfant!

Mme Paul Costard. — Quelle chance pour moi, au contraire! Et quel bonheur pour lui. Ah! le pauvre petit bonhomme! Quelle figure ferait-il entre nous deux?

M. Barnoux. — Enfin, laissez-moi croire, madame, — mon âge et ma situation me permettent de vous tenir ce langage, que vous voulez à tout prix demeurer désormais une honnête femme?

Mme Paul Costard. — Une honnête femme seule! Ça ne sera pas croyable! On me remarquera!

M. Barnoux. — La vérité finit toujours par être la plus forte.

Mme Paul Costard. — Elle ne fait que succéder aux calomnies, elle ne les détruit pas. Non, voyez-vous, monsieur, ma situation actuelle est peu brillante, décidément, — et il ne m'apparaît pas qu'elle offre les garanties d'un bel avenir monacal. Mon mari m'a quittée tout de suite après mon mariage, et mon amant m'a quittée tout de suite après ma faute. Le lendemain du jour où nous avons été surpris, M. Buranty m'a signifié mon congé. Je me suis présentée chez lui, il ne m'a pas reçue. Si j'étais capable d'en vouloir à quelqu'un, je lui en voudrais plus qu'à M. Costard. Aujourd'hui, je suis une femme qui ai goûté à tout, sans plaisir, et je ne sais pas trop ce qui me reste. Me reste-t-il quelque chose?

M. Barnoux. — L'indépendance, la liberté. Vous aurez votre divorce.

Mme Paul Costard. — La liberté. Pourquoi faire? Je n'ai rien à en faire. Enfin, que voulez-vous? Quand je me lamenterai, ça n'avancera pas la monarchie. Vous avez raison, je vais m'installer chez ma mère. Ce sera plus moral... Bien qu'il y ait mon père! Le connaissez-vous?

M. Barnoux, *froid*. — J'en ai beaucoup entendu parler.

Mme Paul Costard. — C'est un père à part. Je l'aime bien. C'est peut-être lui qui est la cause de tout ce qui est arrivé.

M. Barnoux. — Comment cela?

Mme Paul Costard. — Oh! il faudrait vous reprendre depuis Pharamond! Nous n'aurions jamais le temps. Et puis il y a les autres qui attendent.

M. Barnoux. — Un dernier mot : Vous allez demander le divorce?

Mme Paul Costard. — Dame. Je crois qu'à la station où j'en suis, je n'ai pas d'autre parti à prendre?

M. Barnoux. — Mon Dieu, oui. Vous et votre mari, vous êtes aussi coupables l'un que l'autre.

Mme Paul Costard. — Dos à dos.

M. Barnoux. — Vous avez eu de grands torts tous les deux...

Mme Paul Costard. — Moi après.

M. Barnoux. — C'est vrai. Etes-vous bien sûre néanmoins que tout espoir de rapprochement...

Mme Paul Costard. — Oh! monsieur! Vous ne me trouvez donc pas assez punie? Qu'est-ce qu'il vous faut?

M. Barnoux. — Je n'insiste pas. Madame, je souhaite de tout cœur que plus tard vous soyez heureuse.

Mme Paul Costard. — Comme je ne le mérite pas, ça n'est pas impossible. (*Se levant.*) Je vous remercie, monsieur, vos souhaits sont aimables, et vos conseils sensés. Et même ils me font penser à une chose.

M. Barnoux. — Peut-on savoir?

Mme Paul Costard. — C'est que si jamais je me remariais...

M. Barnoux. — Eh bien?

Mme Paul Costard, *ironique*. — Je n'épouserais qu'un magistrat. Monsieur...

(*Elle s'incline et sort.*)

M. Barnoux, *à un huissier qu'il a sonné*. Faites entrer M. Buranty. (*M. Buranty entre.*) Asseyez-vous, monsieur. Je suis arrivé, monsieur, à la fin de ma petite instruction en ce qui vous concerne. Votre affaire n'aura pas de suites...

M. Buranty. — J'en suis heureux.

— On entre par les clowns.

M. Barnoux. — ... Pas plus que celle de M. Costard. Le mari et la femme, par les deux constatations réciproques de flagrant délit que vous savez, se trouvent à présent en quelque sorte « d'accord », et le divorce réclamé par tous deux ne peut pas leur échapper. Cela vous intéresse-t-il ?

M. Buranty. — Tout de même.

M. Barnoux. — Vous n'avez donc, comme je vous le faisais pressentir lors de votre dernière visite, aucune plainte en adultère, ni aucune poursuite à redouter. Vous l'échappez belle !

M. BURANTY. — J'en suis heureux. J'ai tellement la peur...

M. BARNOUX. — Vous avez rompu, n'est-ce pas, avec Mme Paul Costard?

M. BURANTY. — Oh! oui, monsieur. Et j'en suis bien heureux!

M. BARNOUX. — Dès le lendemain du flagrant délit?

M. BURANTY. — Dès le lendemain. Et encore, le soir même, ma résolution était déjà prise.

M. BARNOUX. — Vous avez été prompt.

M. BURANTY. — Prompt et raisonnable. Je ne le regrette pas.

M. BARNOUX. — Elle non plus, je viens de la voir.

M. BURANTY. — Ah! Eh bien?

M. BARNOUX. — Elle se félicite également de cette rupture.

M. BURANTY. — J'en suis bien heureux. Pauvre jeune femme! Pourvu qu'elle soit sincère!

M. BARNOUX. — Que comptez-vous faire à présent?

M. BURANTY. — Je crois que je vais aller à Madère.

M. BARNOUX. — Seul?

M. BURANTY. — Non, avec Mme Buranty dont l'état de santé m'inquiète vraiment très fort. On dit que c'est très beau, par là. Connaissez-vous?

M. BARNOUX. — Non.

M. BURANTY. — Moi non plus.

M. BARNOUX. — J'espère que Mme Buranty ne soupçonne rien de tous ces événements qui lui auraient causé une si douloureuse...?

M. BURANTY. — Rien du tout. J'en suis heureux! Elle en serait morte, et je ne me le serais pas pardonné.

M. BARNOUX. — Vous l'aimez donc?

M. BURANTY. — De toute la force dont je la plains. Je ne lui ai jamais fait de peine.

M. BARNOUX. — Etes-vous sûr?

M. BURANTY. — Comme de vous voir.

M. BARNOUX. — Vous l'avez maintes fois trompée, offensée.

M. BURANTY. — J'en conviens, mais ça n'est pas la même chose.

M. BARNOUX. — Pourquoi?

M. BURANTY. — Parce qu'elle ne le sait pas. Et c'est un grand bonheur.

M. BARNOUX. — Pour elle.

M. BURANTY. — Et aussi pour moi.

M. BARNOUX. — Allons, bon avenir, monsieur! Vous voilà tiré d'une mauvaise histoire. Attachez-vous à votre femme, dont la confiante faiblesse est assurément de nature à vous toucher, à vous attirer, et à vous retenir. Vous serez là dans le droit chemin.

M. BURANTY. — Je ne dis pas, quoique... malade comme elle l'est! Enfin, nous verrons. (*Il se lève.*) Monsieur, croyez que je suis bien heureux... (*Il s'incline et sort.*)

M. BARNOUX, *seul.* — J'espère qu'en voilà un homme heureux! Mais il le dit trop. Ça tournera mal. (*A l'huissier qu'il a sonné.*) Faites entrer M. Paul Costard.

COSTARD. — Monsieur, j'ai l'honneur...

M. BARNOUX. — Asseyez-vous, monsieur. Je ne vous crois pas mauvais, mais terriblement léger!

COSTARD. — C'est ce que je m'entends dire depuis qu'on m'a vacciné. Vous êtes dans le vrai.

M. BARNOUX. — Cette entrevue que nous avons ensemble me paraît être la dernière.

COSTARD. — Est-ce qu'on sait jamais?

M. BARNOUX. — Laissez-moi le croire. Vous avez à votre actif beaucoup de folies. Peut-être est-ce aujourd'hui le début d'une période plus calme et plus sage. Par votre faute, vous avez perdu, — et j'ajoute : irrémédiablement perdu, — la jeune fille que vous aviez choisie pour votre femme. La voilà donc seule de son côté, comme vous du vôtre...

COSTARD. — En effet, nous ne peuplerons pas une île! Et qu'a-t-elle résolu?

M. BARNOUX. — Sur mon conseil... elle se retire...

COSTARD. — Dans le sein de sa mère?

M. BARNOUX. — Oui, monsieur.

COSTARD. — C'est une noble retraite. Continuez.

M. BARNOUX. — Comme vous parlez d'elle! Vous avez un ton!

COSTARD. — Moi? mais non. Je lui pardonne Buranty, la pauvre petite!

M. BARNOUX. — A cette même place où

— Je regrette, monsieur, que ce n'ait pas été avec moi.

RF IMPRIMÉS

vous êtes assis, elle m'a dit l'autre jour qu'elle vous avait pardonné Mme Bobette Langlois.

COSTARD. — Pas la même chose. D'ailleurs, que voulez-vous? J'admets sans peine tous mes torts. Ce qui m'arrive là, monsieur, mais c'est la vie, tout bêtement. La vie, c'est ça, c'est d'être marié, de le regretter, de se dérégler comme on peut, de se faire pincer, de se quitter, et puis d'aller à fond toujours, et de suivre la chasse derrière les chiens, sans dessangler. Avec ça que dans votre carrière vous n'avez pas dû en voir de toutes les couleurs, et de plus raides que les miennes?

M. BARNOUX. — Peu.

COSTARD. — Enfin, vous en avez vu, vous l'avouez.

M. BARNOUX. — Alors, vous n'êtes pas ému à la pensée d'avoir brisé la vie de votre femme?

COSTARD. — Pas une goutte. Parce qu'elle ne pouvait pas être heureuse avec moi. Je suis bâti pour tout, excepté pour le mariage.

M. BARNOUX. — Il ne fallait pas vous marier.

COSTARD. — Je ne pouvais pas le savoir avant. C'est l'histoire des épinards; pour les détester, il faut commencer par en manger.

M. BARNOUX. — Oui... et qu'allez-vous faire?

COSTARD. — Reprendre ma vie de garçon.

M. BARNOUX. — Vous voulez dire : la continuer.

COSTARD. — En plus grand. D'abord, déménager. Figurez-vous que j'ai déniché un petit logement. Devinez où?

M. BARNOUX. — Je ne saurais pas.

COSTARD. — Vous? un juge d'instruction! Eh bien! c'est au cirque. Au Cirque d'Été. Un cachet énorme! C'est Franconi qui m'a révélé l'existence de ça. Personne ne se doutait d'une affaire pareille. Trois petites pièces. On entre par les clowns. Alors, vous voyez d'ici ma *pull-hop* de vie? A toute heure je peux descendre en pantoufles sur la piste, faire un tour de plage, et puis les dadas que j'adore, et clic, clac! « Miousic... Messé Lôyal, vellez-vô joer? » Tout! Enfin j'ai le Colisée chez moi. Néron n'avait pas ça.

M. BARNOUX. — Et cela suffit pour vous amuser?

COSTARD. — Ça me suffit pour ne pas m'embêter. Et puis, je sens que vous me connaissez mal. Je suis un enfant dans le fond. Un rien me distrait. Pas blasé. Ainsi, tenez, hier soir, place Vendôme, je passais à neuf heures et demie. J'avise l'homme qui a une lunette, une grande lunette sur un trépied. Notez que le connais depuis dix ans qu'il est là! Je m'arrête. Il me dit : « Monsieur a envie de voir Saturne? » A ce moment, je ne pensais pas plus à Saturne qu'à vous; c'est égal, ça m'a paru drôle. Pourquoi pas? En somme, je ne l'ai jamais vu! Ma foi! j'y ai été bravement, sans respect humain, j'ai fourré mon œil dans le petit trou et j'ai vu Saturne. J'ai même été un peu affecté. Je savais bien parbleu que je ne verrais pas passer les promeneurs, mais je croyais que ça grossissait davantage. Et pourtant, je vous répète, cette idée que j'avais vu Saturne avec son machin, son anneau, eh bien, ça m'a donné du plaisir pour toute la soirée. J'en ai eu pour quatre sous. Après ça, dites si je suis un méchant garçon? Vous ne répondez rien.

M. BARNOUX. — C'est si embarrassant. Allons, excusez-moi, monsieur, de ne pas vous garder plus longtemps. Adieu, et puissiez-vous, à l'avenir, vous contenter de joies aussi saines et aussi honnêtes que celle-là. Monsieur... (*Il se lève.*)

COSTARD. — Monsieur... (*Il sort.*)

M. BARNOUX, *à part.* — Quel serin! Maintenant, expédions la dernière. (*A l'huissier.*) Faites entrer Mlle Langlois.

BOBETTE, *entrant avec beaucoup de brio.* Monsieur...

M. BARNOUX. — Deux mots seulement, mademoiselle, j'ai déjà perdu trop de temps avec les autres.

BOBETTE. — Je regrette, monsieur, que ce n'ait pas été avec moi.

M. BARNOUX. — Pas moi, mademoiselle.

BOBETTE. — Oh! mais, monsieur. Je ne suis pas habituée à ce qu'on me parle de la sorte. D'ordinaire on y met plus de formes.

M. BARNOUX. — Laissons là vos formes,

si vous le voulez bien. Je vous ai priée de venir, afin de vous donner quelques conseils ou plutôt vous faire de paternelles réprimandes.

BOBETTE. — Je vous écoute, mais je ne vous comprends pas.

M. BARNOUX. — Ne faites pas l'innocente.

BOBETTE. — Ce n'est pas mon habitude.

M. BARNOUX. — Vous me comprenez fort bien. Vous sortez à peine d'un scandale, que vous retombez dans un autre plus grand encore.

BOBETTE. — Expliquez-vous. Précisez.

M. BARNOUX. — Vous êtes à présent la maîtresse de M. Labosse. Ne le niez pas. Je le sais, j'en ai les preuves.

BOBETTE. — C'est exact.

M. BARNOUX. — Après le gendre, le beau-père !

BOBETTE. — Est-ce ma faute? Nous autres, malheureuses, notre situation est terrible. Quand nous sommes aimées par des fils de famille, on nous accuse de détourner et de capter la jeunesse, et quand nous plaçons notre confiance dans des personnes respectables...

M. BARNOUX. — Non, dites : âgées.

BOBETTE. — On nous jette encore la pierre. Quelle est la règle de notre inconduite? quel doit être notre programme? où est notre code? Autant de questions auxquelles j'aimerais vous voir répondre.

M. BARNOUX. — Ce n'est point, grâce à Dieu, ma besogne, mademoiselle. Mais à défaut de programme et de code, laissez-moi vous dire que vous avez la voix de votre conscience, un instinct de ce qui est permis et défendu dans les dérèglements... ou alors, si vous ne l'avez pas, c'est que vous êtes tombée bien bas.

BOBETTE, *aimable*. — Ramassez-moi ; ou plutôt non, laissez-moi où je suis, allez. Nous sommes chacun à la place qui nous convient. Vous êtes un juge et un bon juge ; moi je suis une fille et une bonne fille. Oui, j'ai lâché le petit Costard, et j'ai bien fait. Ou il n'était pas assez mûri pour la femme d'expérience que je deviens de plus en plus, ou c'est moi qui ne suis plus assez jeune pour l'apprécier? Bref, il m'étourdissait. Huit jours après notre rupture, son beau-père est venu : c'est un vieillard très gai mais très bon. Il ne m'avait jamais vue avant le matin du flagrant délit chez moi, il m'a dit que, ce jour-là, j'avais produit sur lui une énorme impression. Il a bien su me le dire. Je l'ai cru.

M. BARNOUX. — Et voilà?

BOBETTE. — Voilà. Dites maintenant qu'il est fâcheux que M. Labosse se trouve être précisément le beau-père de Paul, mon ami précédent? D'accord. Je le regrette, il le regrette, Costard doit le regretter, vous le regrettez, tous nous le déplorons. Mais ne me demandez pas d'accorder à ces considérations plus d'importance qu'il n'est utile. Ces fatales rencontres sont, hélas! fréquentes dans notre existence. Elles peuvent attrister une liaison, elles ne doivent jamais l'influencer. J'ajoute, — et c'est encore possible, — que M. Labosse, en agissant comme il l'a fait, obéissait aussi à une raison de morale majeure.

M. BARNOUX. — Laquelle?

BOBETTE. — Il ignorait peut-être notre rupture, ou s'il ne l'ignorait pas, il ne la croyait pas définitive, irrévocable, et sans doute, alors, en m'immobilisant, il comptait rendre un signalé service à sa fille et à son gendre, avec l'espoir secret d'une réconciliation possible entre eux dans l'avenir. Ce serait en ce cas un excellent père de famille.

M. BARNOUX. — Si telle a été sa pensée, ce qui ne m'est pas prouvé, il connaît bien mal son gendre.

BOBETTE. — C'est vrai. Ça suffirait pour rapprocher Paul de moi. Et voulez-vous que je vous dise la vérité?

M. BARNOUX. — Nous la demandons toujours.

BOBETTE. — Depuis que M. Labosse est chez lui chez moi, je ne suis plus tranquille, et je sens que Paul va vouloir recommencer.

M. BARNOUX. — Vraiment! pourquoi? par vice?

BOBETTE. — Non... Par fanfaronnade, par... nouveau jeu.

M. BARNOUX. — Vous dites? quoi? nouveau... nouveau jeu? qu'est-ce que c'est que ça? Tenir à remplacer son beau-père... Un jeune homme! Mais le nouveau jeu, c'est le contraire de l'amour?...

BOBETTE. — Non, monsieur, c'est la maladie du temps : l'amour du contraire.

TROISIÈME PARTIE

QUINZE ANS APRÈS

Elle lit la « Petite Fadette ».

XV

MADAME LA BARONNE

(En Anjou. Le château des Collerettes, un ravissant petit château Renaissance, entouré d'eau vive, et ceint de beaux parcs, se dresse sous le soleil vermeil d'un matin de mai. A une quarantaine de mètres du pont et du perron, est assise sur un fauteuil de jardin une dame en bandeaux gris, avec un épagneul blanc et feu, qui dort d'un œil, couché à ses pieds. Elle tient un livre à la main. Il fait un silence de campagne, et l'on ne voit, en dehors de la dame et de son chien, personne autre qu'un jardinier diligent, qui porte à pleins bras, contre sa poitrine, des pots de géranium, tout au bout d'une allée. Et la dame lit. Elle lit la Petite Fadette. *Soudain, la cloche de la grande grille se met à tinter dans du lierre. L'épagneul grondaille entre ses babines, sa maîtresse lève la tête, et elle aperçoit de loin Esther, la femme du cocher, qui lui apporte une carte en courant.)*

« Qu'est-ce que c'est, Esther ? — C'est une dame qui demande si on permet de visiter. — Non, vous savez bien que je ne permets jamais. Dites que si on veut se promener quelques minutes dans le parc et faire le tour du château... — Bien, madame la baronne. »

(Et Esther retourne, tandis que la châtelaine reprend sa lecture. Bientôt, on entend des bruits de pas sur les cailloux ; c'est la visiteuse qui s'avance doucement, comme on marche chez autrui, considérant autour d'elle, avec une admiration qui stationne : ces gazons merveilleux, ces superbes massifs de fleurs éclatantes, ces gros et vieux arbres, ce beau palais de pierre ciselée qui trempe ses murs dans l'eau fraîche depuis si longtemps, et dont les toits sont pointus et minces comme autant de clochers. Tout cela, pense manifestement la visiteuse, appartient donc

à cette dame assise là, à l'ombre! « Ah! qu'elle a de la chance! » *Et elle la regarde. Et la châtelaine, qui devine de son côté, pense :* « *Mon Dieu, oui, ma bonne, tout cela m'appartient.* » *Et elle regarde l'inconnue. Mais dès que leurs yeux se sont croisés, voilà la visiteuse qui s'arrête et pousse un cri en disant :*) Bobette! (*A ce mot, la dame s'est levée, pâle, balbutiant* :) « Quel nom dites-vous, madame? Je ne vous connais pas... — Mais si, rappelle-toi, je suis Louise Brunoy! — Louise! » (*Alors, elles sont tombées dans les bras l'une de l'autre, et elles ont pleuré un bon moment. A présent, c'est fini. Toutes les deux sur un banc, elles ne pleurent plus, mais, par précaution, elles tiennent encore leur mouchoir à la main.*)

LOUISE. — Oh! comment, comment se fait-il? Comment?

BOBETTE. — Raconte d'abord, toi. Je te raconterai, moi, après.

LOUISE. — Que je te raconte quoi?

BOBETTE. — Ce que tu es devenue, ce que tu fais. Es-tu heureuse?

LOUISE. — Je suis mariée.

BOBETTE. — Mariée! Mantel t'a épousée. C'est bien, à la bonne heure!

LOUISE. — Non pas lui, un de ses amis, un sculpteur, et qui ne m'a pas eue avant, tu sais!

BOBETTE. — Ah! es-tu contente, ça marche-t-il?

LOUISE. — Ça marche bien, mais on vit mal. La statue ne va guère depuis quelque temps, on en a trop fait. C'est le krach du marbre! Sans cela, Pierre est un bon garçon...

BOBETTE. — Pierre quoi? Comment t'appelles-tu?

LOUISE. — Pierre Cheville. Mme Pierre Cheville. Il travaille en ce moment pour un riche métayer de Cholet, — un joli buste, ma foi, avec les bras et les mains ; — alors, comme ton château est très réputé, il m'a dit hier : « Prends le train et va demain jusque-là, pour te distraire. Tu demanderas à visiter, ça ne se refuse jamais. » J'avais entendu dire que les Collerettes appartenaient à Mme la baronne de Langlois... tu comprends que j'étais à cent lieues de supposer... Tu ne m'en veux pas? Alors, tu es donc baronne, baronne avec la particule? J'avais toujours parié, moi, que tu finirais noble! Raconte, ma fille. Songe que voilà si longtemps qu'on ne s'était vues... Te rappelles-tu la dernière partie qu'on a faite ensemble? C'était à l'Hippodrome, un vendredi, avec Mantel et Costard...

BOBETTE. — Oui, ne parle plus de ça. C'est le passé, ne parle plus de ça.

LOUISE. — Je te fais de la peine?

BOBETTE. — Non. Mais il y a des choses que je préfère ne pas remuer.

LOUISE. — Tu as eu des ennuis, je vois, des drames peut-être. Eh bien, laissons là ce qui te chagrine, va. Ainsi, te voilà installée ici, et riche, riche!

BOBETTE. — Ah! je ne manque de rien.

LOUISE. — Donne-moi des détails, je tombe de la lune. Vis-tu seule?...

BOBETTE. — Certainement je vis seule. Il est grand temps!

LOUISE. — Tu ne t'ennuies pas?

BOBETTE. — Jamais.

LOUISE. — Comment as-tu eu ce château?

BOBETTE. — Je l'ai acheté, tiens!

LOUISE. — Acheté et payé?

BOBETTE. — Oui.

LOUISE. — De ton argent?

BOBETTE. — De mon argent.

LOUISE. — Cher?

BOBETTE. — Trois cent mille.

LOUISE. — Ah! ma pauvre amie, jamais ça ne m'arrivera, ces chiffres-là.

BOBETTE. — Ce n'est pas probable. Mais est-ce qu'on sait? Tout arrive. La semaine dernière j'ai eu l'évêque à dîner... eh bien, si on m'avait prédit....

LOUISE. — Tu vois l'évêque? toi, Bobette?

BOBETTE. — Ne m'appelle plus Bobette, je t'en prie. L'évêque me voit, certainement ; l'évêque d'Angers, mon évêque ; il fait en ce moment une tournée diocésaine.

LOUISE. — Comment dis-tu?

BOBETTE. — Diocésaine, diocèse ; alors, jeudi soir, il a dîné ici avec son grand vicaire, et le curé que j'avais invité.

LOUISE. — Tu vois aussi le curé?

BOBETTE. — Mon curé, l'abbé Talon, mais sans doute, et beaucoup, plusieurs fois

— Oh ! comment, comment se fait-il ? Comment ?

par semaine. Qu'est-ce que tu as? Ça t'étonne?

LOUISE. — Non, mais...

BOBETTE. — Tu me trouves changée?

LOUISE. — Dame! Ce n'était pas ton genre autrefois.

BOBETTE. — A mesure qu'on avance dans la vie, ma chère, on voit les choses sous un autre jour. Avec l'âge...

LOUISE. — Avec l'âge... Dirait-on pas, à t'entendre, que tu es une vieille femme?

BOBETTE. — Je n'en suis pas loin. Regarde, je suis toute grise...

LOUISE. — Toi? C'est pourtant vrai. (*Elle s'approche.*) Mais non, tu n'es pas grise, tu es poudrée, voilà ce que tu es. Pourquoi te poudres-tu? Pourquoi te mets-tu des bandeaux plats?

BOBETTE. — Parce que. Parce que ça fait mieux.

LOUISE. — Oui, je devine ton système. Autrefois tu cherchais à te rajeunir, à présent tu te vieillis. Quel âge te donnes-tu?

BOBETTE. — Cinquante ans.

LOUISE. — Et tu n'en as que quarante-deux. Ah! ne dis pas non. Je le sais.

BOBETTE. — Je ne le nie pas.

LOUISE. — Et pourquoi fais-tu tout ça, voyons? Ça t'amuse donc bien de jouer la dévote?

BOBETTE. — Je ne joue pas, je la suis.

LOUISE. — Qu'est-ce que tu me contes là?

BOBETTE. — La vérité. Il n'y a aucune hypocrisie de ma part, comme tu pourrais le croire. Bien sûr que je ne verse pas dans l'exagération, j'en prends et j'en laisse, mais je reste très sincère dans les petites pratiques de ma vie rangée. Aussi je suis en paix, va, et tranquille, satisfaite de tout et de moi-même. Et puis, quoi qu'on en dise, il y a de braves gens dans le monde honnête. Et tolérants! Ils vous en demandent quelquefois moins que les autres. La seule chose à laquelle ils tiennent, c'est à la tenue. Ah! par exemple! se tenir. Et ils ont joliment raison. Mais aussi, avec de la tenue on n'a jamais a se plaindre d'eux, ils vous laissent aller, venir, sans se mêler de vos affaires, et ils sont charmants. A aucune époque de ma vie je n'ai été plus heureuse, tu m'entends? à aucune!

LOUISE. — Il y a longtemps que tu es aux Collerettes?

BOBETTE. — Bientôt six ans.

LOUISE. — J'ai su, un peu de bric et de broc, toutes tes anciennes histoires avec Costard, et ensuite avec son beau-père, M. Labosse.

BOBETTE. — Un bon cœur, M. Labosse. Pas l'ombre de sens moral, malheureusement, mais un excellent homme. Pendant les neuf ans que je l'ai connu, nous n'avons jamais eu un mot ensemble. Quand il est devenu veuf, — je te montrerai tout à l'heure le bracelet qu'il m'a donné pour la mort de sa femme, — il m'a proposé de m'épouser, jour pour jour, un an après. J'ai refusé.

LOUISE. — Pourquoi?

BOBETTE. — Je n'étais pas sûre de lui, il m'aurait trompée.

LOUISE. — A son âge!

BOBETTE. — Ça ne prouve rien. Il est à Paris et il s'amuse toujours. C'est un homme qui a le plaisir dans le sang. Il ne mourra que sur une chaise longue. Enfin il s'est conduit envers moi avec une grande générosité; si je suis aujourd'hui une femme du monde, c'est bien à lui que je le dois. Je ne l'oublierai pas, et plus d'une fois, je te l'avoue sans rougir, il m'arrive de prier pour lui.

LOUISE. — Et Costard?

BOBETTE. — Ah! celui-là, c'est un garçon funeste qui a trouvé le moyen de faire de la peine à tous ceux qui l'ont aimé. Même quand j'étais avec lui, ce que de fois j'ai plaint sa femme!

LOUISE. — Qu'est-il devenu?

BOBETTE. — Je ne sais pas. Il n'a plus le sou. Il apparaît et il disparaît. Je ne m'en préoccupe pas. Tu sais qu'il est divorcé depuis seize ans?

LOUISE. — Et elle?

BOBETTE. — On dit qu'elle habite l'Italie. Mais je n'en suis pas plus sûre que cela.

LOUISE. — Il y avait aussi un ménage d'amis, la petite femme était paralysée.

BOBETTE. — Elle est morte. Les Buranty. Lui est à l'étranger, quelque chose dans les consulats.

LOUISE. — Comme tout ça s'est égrené!

BOBETTE. — Oui.

LOUISE. — C'est encore toi, dans le tas,

qui as gagné le gros lot, va! Tu n'as pas à te plaindre.

BOBETTE. — Et je ne me plains pas! Oh! non! D'abord j'ai une installation magnifique, tu verras; j'ai des chevaux, des voitures, — tout cela très simple, très sobre, mais tenu, et bon genre! — J'ai cent hectares de bois, entourés de murs, une rivière chez moi, et un potager comme je ne crois pas qu'il y en ait beaucoup. Le climat est adorable. Tiens, dans ce moment-ci, en mai, les lilas commencent à fleurir. Et c'est joli! Et ça embaume! Quand j'ouvre mes fenêtres, le matin, il me semble que tout le parc entre dans ma chambre! Car c'est encore une chose dont on ne peut pas se faire une idée tant qu'on a demeuré dans les villes : le matin à la campagne! Penser qu'on peut mourir sans savoir ce que c'est! Il y a des vapeurs blanches, roses, légères comme de la malines, qui flottent partout; le ciel est de la couleur des opales, tu sais, la pierre qui ne porte pas chance? et tout est frais, tout est mouillé, tout vous dit bonjour; on est content d'être réveillé, de voir venir la journée et de respirer le bon air qui sent la verdure. Alors, vite je descends, je vais jeter un coup d'œil aux volières; aimerais-tu ça, toi, des volières?

LOUISE. — Je crois bien!

BOBETTE. — A propos d'oiseaux : dans l'été, figure-toi que j'ai cinq ou six rossignols dans le parc.

LOUISE. — Est-ce qu'ils chantent?

BOBETTE. — Toutes les nuits, et quand je les entends, ça me fait pleurer; c'est comme si j'étais petite! Ah! je ne regrette pas l'Opéra! Après les volières, je vais aux poules, je vais aux serres, je vais aux étangs, je vais aux cressonnières, je vais aux espaliers, je vais au pigeonnier, je me promène à pied ou en voiture... Non, ce n'est pas les occupations qui me manquent, j'ai des malades, des pauvres que je vais visiter, auxquels je porte du linge, des vêtements, des bons de viande; et il faut voir ce qu'ils sont contents! Je vais chez les sœurs...

LOUISE. — Tu vois aussi les sœurs?

— BONJOUR, MA SŒUR.

BOBETTE. — Mais oui, je vois tout le monde, et les sœurs viennent au château me conter leurs petits tracas avec le conseil municipal qui leur cherche noise; alors j'arrange ça... Il y en a une qui s'appelle sœur Monégonde, c'est celle qui arrache les dents. Tu ris? J'en fais bien d'autres, je vais aux distributions de prix de l'école, je donne le pain bénit une fois par an, c'est moi qui ai offert les vitraux de l'église; c'est moi qui ai payé l'installation du télégraphe; c'est moi qui ai fait venir ici et mise dans ses meubles la mère Dusallé. Tu ne sais pas ce que c'est que la mère Dusallé? C'est la sage-femme. Avant moi, le pays en manquait. Et c'était tant pis, car on accouche beaucoup dans le pays. Seulement, tu comprends, pour arriver à tous ces beaux résultats, il fallait commencer, quand j'étais nouvelle venue, par inspirer confiance, et c'est pour ça que tout de suite je me suis hardiment instituée baronne, avec une particule, baronne de

L'Anglois, en mettant une apostrophe. Si tu connaissais les gens de la campagne, tu saurais qu'ils adorent avoir un titre à donner aux messieurs et aux dames du château. Monsieur ou madame, ça ne leur dit rien, tandis que monsieur le comte ou madame la baronne, ça les flatte. Après tout, je ne suis pas bien coupable et ça n'est pas de ma faute, s'il y a un tas de petites canailleries qu'on est dans la nécessité de faire, dès qu'on se met à vouloir pratiquer sérieusement la vertu. Enfin, ce qui est par-dessus tout bon et agréable, c'est de se sentir irréprochable, aimée de tout le monde qui renchérit : « Oh ! quelle brave et digne femme que madame la baronne ! » c'est de voir, quand on sort, les enfants qui s'arrêtent de jouer pour vous dire bonjour, et les mamans qui vous font un signe de tête derrière les carreaux ; c'est d'avoir son banc à l'église, dans la vieille petite église, où la messe chantée dure si longtemps ; c'est la conscience qu'on n'a pas d'ennemis. Ah ! c'est inappréciable, délicieux ! Non, il faut avoir été détestée, maudite pendant une moitié de sa vie par des pères, des mères, des familles, pour bien goûter la tranquillité physique et morale dont je te parle, et les femmes vertueuses de naissance, qui n'ont jamais fauté ni roulé, ne peuvent pas savoir comme nous autres tout le plaisir qu'il y a d'être honnêtes. Et c'est si facile avec ça ! Depuis que je le suis j'en demeure confondue. Seulement, voilà ! il faut avoir les moyens. Ceux que j'ai employés étaient-ils très catholiques ? Non. Tant pis pourtant, et puis, qui sait, ma pauvre Louisette, si tout ça ce n'est pas des mystères, et si la Providence n'a pas voulu que je mène une vie de jarretière, pour me permettre mieux d'être sage et rangée à la fin ?

LOUISE. — Tu arranges un peu ça à ta façon, mais ça n'est pas impossible.

UN DOMESTIQUE, *s'approchant.* — Pardon, madame la baronne, mais la supérieure des sœurs est là, avec le maître charpentier.

BOBETTE. — Bon, j'y vais. (*A Louise.*) Viens avec moi.

LOUISE. — Tu fais bâtir quelque chose... une école ?

BOBETTE. — Mais non, c'est pour jeudi prochain ?

LOUISE. — Qu'est-ce qu'il y a jeudi prochain ?

BOBETTE. — C'est le 28, ma chérie.

LOUISE. — Eh bien ?

BOBETTE. — C'est la Fête-Dieu. Ah çà, où as-tu la tête ? Alors, j'ai eu l'idée d'un grand reposoir sur un des ponts. Ce sera très joli, toute la procession passera par le parc pour arriver jusqu'au reposoir, où le curé donnera la bénédiction. Mais j'espère que tu vas rester un peu. Quand j'aurai fini tout à l'heure avec la sœur, je te ferai visiter le château en détail. (*Elles commencent à s'éloigner.*) C'est une merveille... (*On n'entend plus que des lambeaux de phrases.*) François Ier... une de ses maîtresses... dans la chapelle... Jean Goujon... — Bonjour, ma sœur... — Bonjour, madame la baronne... — Une de mes amies de Paris.

VICTOR, DANS L'ANTICHAMBRE, EN TRAIN DE LIRE LES « CRIMES DES PAPES ».

XVI

LE VIEUX MARCHEUR

A minuit passé. Dans l'antichambre d'un bel appartement, au premier, rue Laffitte, Victor (autour de la quarantaine) est assis, près d'une lampe, en train de lire les *Crimes des Papes.* Il entend un bruit de pas lents et lassés dans l'escalier, il se lève, ouvre la porte, et reçoit son maître, M. Labosse, un peu trébuchant, son chapeau tout abîmé, l'œil dardant, sous la paupière fripée, une petite flamme verte.

M. LABOSSE. — Victor, mon garçon. Voici ton roi. Bu qui s'avance! (*Il lui prend la main et la lui serre.*) Bonjour, Victor.

VICTOR, *imperturbable, qui le soutient un peu.* — Bonjour, monsieur.

M. LABOSSE. — Victorin!

VICTOR. — Monsieur.

M. LABOSSE. — Quoi de *novus* à la maison? Pas de lettre?

VICTOR. — Rien du tout, monsieur.

M. LABOSSE. — Tout va bien, Victorien.

VICTOR. — J'imagine que monsieur a besoin de son lit?

M. LABOSSE. — Oh! oui, Victor. Oh! oui. Mène-m'y.

VICTOR. — Monsieur n'a pas encore été sage ce soir.

M. LABOSSE. — Si. Si. Je t'assure.

VICTOR. — Monsieur sera malade demain.

M. LABOSSE. — Tu crois?

VICTOR. — J'en suis sûr, monsieur.

M. LABOSSE. — Eh bien, tu me soigneras, tu me feras du bouillon, du bon bouillon. Allons, viens me coucher, parce que, tout seul...

VICTOR. — Monsieur ne pourrait pas?

M. LABOSSE. — Oh! non, Victorin. Cela est au-dessus de mes moilliens. (*Soutenu par le valet, il traverse la salle à manger et le salon pour gagner sa chambre. D'une main, Victor tient la lampe. M. Labosse, au milieu du trajet, s'arrête et regarde les murs autour de lui.*) C'est gentil chez moi, il n'y a pas à dire. Ah! qu'on est heureux d'avoir un chez-soi! Pourquoi ne suis-je pas plus souvent chez moi? Ce que j'aime en toi, Victor, c'est que tu tiens l'appartement avec beaucoup de propreté; aussi, — je t'ai déjà augmenté, — eh bien, vois si ton maître est bon? je sens que je t'augmenterai encore. Dis-le que je suis bon.

VICTOR. — Mais oui, monsieur est très bon.

M. LABOSSE. — Plus fort! Que ça ait l'air de te partir!

VICTOR, *criant.* — Monsieur est très bon. (*Bas.*) Allons, venez vous coucher, monsieur.

M. LABOSSE. — Une minute. (*Il le mène devant un tableau du salon.*) Tiens, tu vois cela ? C'est une peinture. C'est un berger près d'une bergère. Eclaire mieux, tu n'éclaires pas. Sais tu qui est-ce qui a fait ça?

VICTOR. — Oui, monsieur, c'est un artiste qui s'appelait Ouatteau.

M. LABOSSE. — Pourquoi dis-tu Ouatteau? On dit Vatteau.

VICTOR. — Il y a un double v.

M. LABOSSE. — Un double v! Tiens, tu es saoul. Viens me coucher. Elle est gentille, hein, Victorien, la bergère? Ça ne te donne pas des idées quand tu époussettes? Non! Moi, tout me donne des idées! C'est que tu n'aimes pas les femmes. Moi je les aime.

VICTOR. — Trop, monsieur.

M. LABOSSE. — Jamais trop. Ne dis pas cela. Je les aimais déjà gosse, à neuf ans, et aujourd'hui, dans ma soixante-dixième année, je les aime encore. C'est ce qu'il y a de plus gentil, et de plus coquelicot au monde, va. Une petite femme qui a des petits pieds, des petites mains, mais il y a de quoi se mettre à genoux, il y a de quoi... il y a de quoi tout, enfin!

VICTOR. — C'est bon, monsieur, mais ne remuez pas tant pendant que je vous déshabille, parce que vous allez tomber.

M. LABOSSE. — As pas peur, sapeur, l'équilibre est bonne! (*Il se regarde en chemise de nuit.*) Victor, dis que pour un vieux de mon âge, on n'a pas l'air trop bête en bannière?

VICTOR. — Mais certainement non, monsieur.

M. LABOSSE. — Victor, je t'augmente encore!

VICTOR. — Monsieur m'augmente trop, monsieur va se fatiguer. Que monsieur monte dans son lit et dorme. Là, je vais donner un petit coup d'épaule à monsieur.

M. LABOSSE. — Tiens-moi le pied, Victorin, tu sais, comme aux amazones. Hop là! C'est gentil, une amazone. Ça m'est arrivé une fois d'aimer une femme en amazone. Cristi de cristi! (*Il est assis dans son lit. Le voilà sur son séant, adossé à ses deux oreillers.*)

VICTOR. — Là, monsieur n'a plus besoin de rien? Je vais laisser monsieur.

M. LABOSSE. — Attends, fidèle serviteur. *Puer, abige muscas.*

VICTOR. — Plaît-il?

M. LABOSSE. — Rien. Victorien, je dois te faire un aveu. D'abord, c'est que je suis bigrement bien dans mon dodo; ensuite, c'est que je commence à me dégriser un peu, et enfin, enfin, c'est que j'ai u-ne soif, mais u-ne soif! Donne-moi à boire, Victor. Ce que tu voudras, pourvu que ce soit bien frais.

VICTOR. — Non, cela ferait du mal à monsieur.

M. LABOSSE. — Tu me refuses? Ah! Victor! comme tu dois me mépriser!

VICTOR. — Mais non, monsieur. Dormez vite. Je m'en vais.

M. LABOSSE. — Ne fuis pas. Je ne veux pas que tu t'en ailles. Je n'aime pas être dans le noir, ça me donne des idées tristes. Assois-toi en face de mon lit et laisse-moi parler. Je suis camarade et familier avec toi, tu dois en être fier. Victor, parce que je plaisante et que je suis resté très jeune de caractère, il ne faudrait pas en conclure que je me ramollis. La vérité, mon Dieu, c'est que je ne suis pas heureux.

VICTOR. — Monsieur a pourtant de quoi, monsieur est riche.

M. LABOSSE. — Après? non, je ne suis pas heureux, parce que je ne peux pas aimer les femmes. Chaque jour, ça me devient plus difficile. Sans doute, j'ai toujours l'idée, l'intention, le désir, mais ça ne suffit pas, Victor... je suis une nourrice sèche... et ça m'embête. Oh! que ça m'embête donc!

VICTOR. — Que voulez-vous, monsieur, on ne peut pas être et avoir été.

M. LABOSSE. — On m'a déjà dit cela pour me consoler, ça ne me console pas. Au contraire, ça ne fait que doubler mes regrets. Si tu savais, Victor, tout ce que j'ai accompli dans ma vie, en fait de femmes, et les tours de force!... Tu serais épouvanté, Victorin, ébouriffé, émerveillé...

VICTOR. — Je m'en doute. Il n'y a qu'à regarder monsieur.

M. LABOSSE. — Victorin, j'aurais été empereur romain que je n'aurais pas rôti mon péplum davantage. Car j'ai eu beaucoup de femmes, tu entends, des quantités! Et de toutes les manières, des géantes et des miniatures... Ah! c'est inouï ce que j'en ai eu!

VICTOR. — Monsieur en a toujours.

M. LABOSSE. — Moins, et pas aussi bien,

et voilà pourquoi, par instants, tu me vois tout penché. L'homme est mal fait, mal organisé, Victorin, il devrait garder jusqu'à sa dernière minute toutes ses facultés intactes, et surtout la plus précieuse de toutes, saperlotte, la faculté de... tu m'as saisi au vol, hein? Parce que, vois-tu, rien n'est plus triste pour un vieillard bien conservé comme moi que d'être paralysé, comme on dit, dans ses œuvres vives.

VICTOR. — Monsieur exagère, il n'en est pas encore là.

M. LABOSSE. — Pas encore, non, mais j'y vais tout droit. Ah! où sont-elles, mes séries d'autrefois?

VICTOR. — Que monsieur me permette de lui donner un conseil?

M. LABOSSE. — Donne, Victorien.

VICTOR. — Si monsieur ne veut pas perdre le petit peu qui lui reste, que monsieur se ménage.

M. LABOSSE. — Mais je me ménage.

VICTOR. — Non. Monsieur sort tous les soirs, dîne tous les soirs dans des cabinets particuliers, et rentre tard, tous les soirs, malade comme aujourd'hui.

M. LABOSSE. — Malade? mais où prends-tu que je suis malade, Victorin? je ne me suis jamais si bien porté. Non, Victor, je ne suis pas malade, je suis excité. Voilà ce que je suis. Ce que tu prends pour de l'affaissement, c'est de la continence. Oui, mon garçon.

VICTOR. — Monsieur est sûr de ne pas confondre?

M. LABOSSE. — Non, mon garçon. C'est comme je te l'affirme.

VICTOR. — Aussi, pourquoi monsieur est-il excité? parce qu'il va dans des endroits pernicieux à sa nature.

M. LABOSSE. — Je vais dans des endroits où il y a des femmes, bien entendu. Où diable veux-tu que j'aille? A l'Odéon. Mais il m'arrive quelquefois d'être sage. Parole. Ainsi ce soir j'ai été passer une heure au café Américain, en haut. Naturellement, elles sont toutes venues, dès qu'elles m'ont aperçu. « Ah! voilà le vieux marcheur, le

— JE LES AIMAIS DÉJA GOSSE...

vieux sondeur, le vieux voyeur! » Je suis très aimé, tu sais, on me trouve gai, je les change des jeunes gens d'aujourd'hui qui ne sont pas fichus de rire et de s'amuser, et puis je règle leurs additions, ah! pas cher, les pauvres gamines! alors elles ont plaisir dans ma compagnie, elles sont donc toutes accourues et elles m'ont enguirlandé. Neuf, elles étaient à ma table, figure-toi, neuf! J'avais l'air d'un caissier belge en bordée. Il y en avait surtout une petite qui s'appelle Rita, comme une chienne, et qui est jolie-jolie, et puis bien fabriquée, choc-choc, avec une poitrine de chez Barbedienne.

VICTOR. — Assez, monsieur, calmez-vous.

M. LABOSSE. — Elle n'aurait pas demandé mieux, je t'assure. Rita! n'y aurait pas eu besoin que j'en parle à sa famille... eh bien, qui est-ce qui n'a pas voulu? C'est moi. Par raison. Tu vois que tu m'accuses à tort. Seulement, crois bien que ça me coûte d'espacer, et qu'il me faut du courage. Ça me coûte d'autant plus que c'est comme un fait exprès : jamais la femme n'a été si bien qu'à présent, jamais ça n'a été aussi facile de s'en procurer, jamais elle n'a été de si belle qualité et meilleur marché. Alors j'ai un peu gros cœur de constater que je ne peux plus en profiter. Chaque jour je vois des bonnes affaires qui se perdent, des levages admirables, le *Gil-Blas* qui est plein d'occasions... et puis je suis là, moi, espèce d'Abélard, forcé de rester spectateur, et inactif. C'est dur, va! Enfin! j'ai encore tout de même de petites émotions... heureusement! parce que sans ça la vie ne serait pas tenable. Et puis l'estomac qui s'est assez maintenu. Bien dîner, ça n'est pas non plus à cracher dessus. Ce soir, tiens, j'ai croustillé comme un dieu, chez Joseph, un chic bistro!

VICTOR. — Tout seul?

M. LABOSSE. — Tu ne voudrais pas! Non, avec une petite amie, une modiste qu'a l'air marquise, et avec des jambes, mais des jambes... à la Bobette!

VICTOR. — Qu'est-ce que monsieur peut encore bien lui faire, à cette modiste?

M. LABOSSE. — Des cadeaux, mon pauvre Victorin, c'est presque tout ce que je peux lui faire, des cadeaux. Que veux-tu? c'est encore ça. Je paye, donc je suis : comprends-tu, j'*en* fais toujours partie, je ne suis pas irrévocablement retiré du commerce. Et tant que je paye, que je fais des cadeaux, eh bien ça m'illusionne, j'arrive à être persuadé que je vais plus loin.

VICTOR. — Monsieur sait qu'il est très tard?

M. LABOSSE. — Ça m'est égal.

VICTOR. — Vous parlez, vous parlez, vous serez tout à fait plat demain.

M. LABOSSE. — Au petit bonheur. En ce moment, je suis lancé. Je passerais la nuit, je m'en sens capable; pour un peu, tiens, je découcherais. A propos de nuit, sais-tu quand on guillotine le grand Albert, l'assassin du curé de Jalon?

VICTOR. — C'est pour cette nuit, monsieur.

M. LABOSSE. — Pour cette nuit, tu en es sûr?

VICTOR. — Oui, monsieur, je le tiens d'un journaliste de mes amis.

M. LABOSSE. — Cré mâtin de mâtiche, habille-moi vite, illico, Victorin!

VICTOR. — Monsieur veut y aller?

M. LABOSSE. — Mais...

VICTOR. — Monsieur est insensé! Monsieur est indigne! Sortir de son lit, en pleine nuit, par ce froid...

M. LABOSSE. — Fiche-moi la paix. Passe-moi mes pelures. Prépare-moi mon gros paletot. (*Il se lève.*) Ah! c'est cette nuit qu'on rétrécit le grand Albert! J'y serai. Je n'en manque pas une.

VICTOR. — Ah! monsieur, monsieur!

M. LABOSSE. — Ne soupire pas, tu sais que ça m'amuse. Je n'ai pas tant de distractions. Et puis, quoi, il ne l'a pas volé : c'est une canaille que ce grand Albert! Un lâche qui tuait des prêtres... Oh! il y a de bons prêtres, crois-moi, Victor. Ne hoche pas la tête; du moment que je te le dis. (*Il s'habille tout seul, sans l'aide de son domestique, leste comme un jeune homme.*) Penses-tu que j'arriverai, avec une bonne voiture? Quelle heure as-tu?

VICTOR. — Trois heures.

M. LABOSSE. — J'ai le temps. Mais j'aurai raté les bois. Va me chercher un coupé de cercle si tu en trouves, ou un bon sapin. Et puis tu me prépareras de quoi croquer en rentrant. Ce grand Albert, tout de même, voilà où mène l'inconduite! Pourvu qu'il se tienne bien. Et puis, est-ce qu'on sait? je peux y trouver des petites femmes. Peut-être que Paul y sera aussi, tiens? Tu te demandes ce que c'est que Paul? c'est quelqu'un, c'est mon ancien gendre, Victor. Tu ne l'as pas connu. Si tu l'avais connu...

VICTOR. — C'était un type?

M. LABOSSE. — Deux fois moi.

— Penses-tu que j'arriverai, avec une bonne voiture?

VICTOR. — Alors, vrai ! Et monsieur ne le voit plus ?

M. LABOSSE. — Non. Il a rendu ma fille malheureuse, mais je lui aurais encore pardonné s'il avait été un peu plus gentil avec moi. Au lieu de ça, il m'a lâché aussitôt après son divorce. Plus voulu me voir ni faire la fête ensemble. C'était pourtant bien le cas ou jamais, il était libre, il n'y avait plus de gendre, plus de beau-père, aucune gêne, rien que deux bons camarades. Non. Oh ! je lui en voudrai toujours. C'est égal, quelquefois on a rudement rigolé tous deux. Trottine me chercher mon traîneau, vieux Victor.

VICTOR. — J'y vais. Ah ! monsieur ! monsieur ! quel — je ne veux pas dire quoi — vous faites !

M. LABOSSE. — Je le sais. Va, cours, vole. (*Victor sort. Resté seul, M. Labosse prend son vaporisateur et s'envoie des jets sur la figure.*) Sent bon. Toujours l'impérial russe, le parfum de ma fille. Pauvre fille ! Cette idée de s'être remariée en Italie ! Si elle était là je l'emmènerais. Une fille peut aller partout avec son père. (*Il fredonne.*)

Mam'zelle Anastasie,
Qu'il est bien vot' lapin !
C't' année, s'i fait des p'tits,
Faudra m'en garder *in.*

« CET ANNIVERSAIRE VAUT LA PEINE QUE JE M'Y ARRÊTE UN PEU DANS MON JOURNAL...

XVII

FRAGMENT DU JOURNAL DE LA COMTESSE SOPERANI

« ... Il y a juste aujourd'hui dix ans que je suis remariée au comte Soperani et que j'habite Rome. Cet anniversaire vaut la peine que je m'y arrête un peu dans mon journal.

« Quand je regarde, en clignant des yeux et du souvenir, la femme que j'étais, il y a quinze ans, à l'époque où je m'appelais Mme Paul Costard, et celle que je suis à présent, j'ai un certain effort à faire, et je dois me tâter l'âme pour me reconnaître. Comme tout a changé dans ma vie et dans la vie de ceux qui furent *miens!* Certes, aussitôt après que le divorce entre M. Costard et moi eut été prononcé, je ne prévoyais pas la tournure que prendrait mon existence, je pensais bien ne jamais me remarier, ne jamais quitter Paris ni la France. Mes vœux se bornaient à l'égoïste solitude d'une femme maîtresse de son temps et de ses actions, assez libre et assez riche pour envisager sans trop de tristesse l'avenir. Peut-être apporterait-il, dans ses ballots, cet avenir, de mystérieuses surprises? Il les apporta. Quatre ans plus tard, je faisais à Milan, au cours d'un voyage dans la haute Italie, la connaissance du comte Soperani, et je lui plaisais au point qu'en dépit de mon divorce il me demanda ma main. Sur-le-champ je la lui accordai, sans répugnance mais sans entrain, pour faire quelque chose.

« Dix ans ont passé depuis le jour où, pour la première fois, je suis arrivée un matin, par la vià Nazionale, dans la ville éternelle, et si je n'ai pas trouvé dans ma nouvelle situation la félicité parfaite et absolue, du moins j'ai goûté, et je goûte encore, une paix grise, monotone et tiède qui n'est pas sans charme et qui ressemble au purgatoire du bonheur. Je crois qu'il ne faut pas en demander davantage ici-bas, même en Italie.

« Mon mari n'est pas un méchant homme. Avec son profil âpre et tranchant de *condottieri*, c'est, au contraire, un grand mouton sans laine que la paresse fait paraître moins intelligent et que l'indolence rend meilleur.

Il boit, mange, monte à cheval, joue de la mandoline, et me trompe, avec la même morbidesse assoupie. Il tient continuellement ses paupières mi-closes sur le fond de soi-même et de ses pensées, comme s'il se chauffait à quelque rayon de soleil intérieur. Il se plaît, du bout de ses doigts longs, à toucher mes bras nus, et aussi les vieux velours et les frêles guipures ; il aime les coussins, les hamacs, les tapis, les porte-cigarettes ornés de pierreries. C'est un lazzarone millionnaire.

« Car nous sommes millionnaires. Il y en a encore une demi-douzaine dans l'aristocratie de ce pays. En dehors de notre palais de la place Navone, nous possédons maison d'été à Pallanza, sur le lac Majeur, et magnifique villa entourée de brûlants jardins à Capri. Ces demeures sont pleines de l'art du passé. Tout, dans le tas, n'est pas sans doute d'un goût très pur. C'est ainsi que ma chambre à coucher ne me ravit pas ; de style Louis XV italien, avec son meuble laqué jaune clair et contourné comme les berlingots ; mais j'ai des châsses et des orfèvreries du XVIe siècle dignes qu'on se mette à genoux devant, et je m'y mets quelquefois, dans ma chapelle où sont rangées sur les gradins d'un autel de marbre polychrome ces précieuses épaves des siècles enfouis. En effet, pour avoir donné son nom à une femme divorcée, mon mari ne manque pourtant pas de religion ! Loin de là. Il croit à Dieu, à Garibaldi, aux jettatore, au Vésuve, et ne manque jamais, le soir, de réciter une dizaine sur un rosaire béni par *il papa*.

« Ce qui l'a séduit en moi, c'est, en dehors de ma personne, ma qualité de Parisienne accomplie. Il raffole de la Parisienne, de son genre, de sa tournure physique et morale, et il a trouvé qu'en posséder une de mon acabit valait bien qu'on se privât d'une messe. Il est donc satisfait dans sa vanité, il a une Parisienne vivante à lui, qui ne le quitte pas, à laquelle il ordonne de faire venir ses robes et ses chapeaux de Paris, qu'il veut voir toujours avec des corsets de Léoty, mise à la plus récente mode de la Seine, et vis-à-vis de laquelle il n'a aucune exigence nationale. Certainement je n'ai pas lieu de me plaindre et j'aurais pu tomber plus mal.

« Cependant, il y a des jours où cette belle existence me pèse terriblement. On pourrait, on devrait s'amuser davantage à Rome ; les distractions y sont inconnues. Pourquoi n'y a-t-il ni fêtes, ni dîners, ni bals, ni réceptions, ni galas à la cour ? En fait de plaisirs rares, le comte me mène une ou deux fois l'an à quelque grand cirque de passage où les écuyers pommadés grelottent la fièvre. Et c'est toujours la même chose navrante : *Salti mortali avanti e indietro sopra il cavallo per il signor Fratellini*, — et *l'atleta piramidale* — *et il celebre ventriloquo coi suoi fantocci!* Mon mari adore ce genre de divertissement, moi, j'ai envie d'y pleurer.

« Il y a bien les théâtres, mais on ne peut pas s'en faire une idée, ils sont peut-être plus mauvais encore que la cuisine. Alors il ne reste qu'une occupation possible à Rome, quand on est tenue d'y vivre, et qu'on est d'une certaine classe intellectuelle, c'est de *vaticaner*, et j'entends par ce mot que j'invente : connaître des gardes-nobles, des camériers presque aussi secrets que des musées, fréquenter les prélats, se mêler aux intrigues d'antichambre, s'intéresser aux questions religieuses et papales, suivre le mouvement des potins ecclésiastiques, etc. C'est un sport comme un autre, qui ne fait de mal à personne, et plutôt du bien à celui qui s'y livre. En outre, il vous met en relations avec des figures bien curieuses et qu'on n'a pas l'habitude de rencontrer à Paris, où on trouve cependant beaucoup de choses italiennes, y compris le jambon de Parme et la mortadelle de chez Ferrari. D'ailleurs, je vaticane avec mesure, et il ne faudrait pas s'imaginer que je pâlis sur les bulles et les encycliques.

« Bien entendu, il va de soi que personne ici ne soupçonne mon divorce antérieur, je passe pour une veuve remariée, pour une bonne catholique s'abstenant de pratiquer. Ah ! si on connaissait l'existence de M. Costard, mon ex-mari, et de M. Labosse, mon étonnant père, et si l'on connaissait surtout leurs faits et gestes, je ne serais pas si bien reçue par certains membres du Sacré-Collège qui m'honorent de leur exquise et diplomatique bienveillance. Et cependant, qui sait ? voici le cardinal Natalini avec lequel je suis en relations très filialement amicales ; eh bien, je suis persuadée qu'il est au courant de mon passé, et qu'on n'a plus rien à lui apprendre sur moi. Cela se devine au sourire mince qu'il a toujours en m'abordant, un sourire qui a l'air de penser : « Hé! hé! madame Costard? »

« C'est un type extraordinaire que ce prélat : un grand vieillard à long visage pâle et sans joues, si blême qu'il paraît enfariné, le crâne abrité d'une perruque de jeune homme dont les bandeaux plats en belle soie noire lui ceignent le front ainsi qu'un serre-tête : Pierrot cardinal. Il habite le palais Cettaro, où il a entassé pour plusieurs millions de magnificences dans ses trois salons fameux, qu'il a déjà, — par testament, — laissés au Vatican ; le premier consacré au XIIIe siècle, le second au XIVe, le dernier au XVe. A partir du XVe siècle, l'art cesse d'être chrétien pour tourner au profane ; Natalini ne veut pas en entendre parler, et quand on essaye de le convertir et qu'on prononce devant lui le mot de Renaissance, il ferme les yeux en s'écriant, au bout d'un gros soupir : « Diabolicoum ! »

« Il ne se passe guère de semaine sans que je n'aille lui rendre visite, et chaque fois c'est la même bouffonnerie dans le cérémonial. Quand j'ai gravi le large escalier de mosaïques à rampe de fer qui mène aux appartements de réception du premier, je trouve ouverte l'antichambre, avec les armes et l'écusson du cardinal peints sur le mur au-dessus d'une console où est exposée sous globe la barrette à houppe de pourpre. Deux portes à larges battants, gardées par deux laquais courbés pour me laisser entrer dans le premier salon, où m'accueille le chapelain de Son Eminence, condensé, ramassé dans une affabilité toute napolitaine, évoluant autour d'un massif trône d'or, à dais de velours de Gênes ayant appartenu au pape Clément VIII. A la porte du second salon, le chapelain, avec un salut en col de cygne, me remet entre les nobles bras d'un bénédictin blanc, le théologien du cardinal, qui, balançant ses manches de flanelle, traverse lentement la pièce avec moi, pour me confier, sur le seuil du troisième et dernier salon, aux empressés soins d'un caracolant petit homme de cinquante ans, sec comme un vieil archet,

« CE QUI L'A SÉDUIT EN MOI, C'EST, EN DEHORS DE MA PERSONNE, MA QUALITÉ DE PARISIENNE... »

moustaches cirées à la colophane et lèvre gazouillante, il signor Correggioli, secrétaire intime et particulier de Monseigneur, de Monseigneur qui lui-même ne tarde pas à accourir, étoffé de rouge du haut en bas, jetant des excuses essoufflées : « *Subito... momento...* » Il s'approche de moi, traînant les pieds comme une dame, hochant sa tête blafarde aux cheveux couleur de jais, et avec cela toujours grelottant, les yeux cernés de bleu, réchauffant contre une boule de cuivre pleine d'eau bouillante ses diaphanes mains de momie gantées, jusqu'à la moitié des doigts, de mitaines de soie écarlate brodées d'un Saint-Esprit d'argent. Il se courbe en une révérence et, marchant à mes côtés, voilà qu'en s'apitoyant sur sa fin prochaine, il me guide par de longues et hautes galeries, assombries de vitraux aux nuances profondes, pareils à des morceaux de velours transparents, des galeries où pendent à des crémaillères d'or bruni des lampes de chœur et des lanternes funèbres de la vieille Espagne. Aux murs, dans des vitrines austères en forme d'armoires, s'étalent dans l'immobilité spéciale des objets qui survivent aux morts, pendues et appliquées avec ampleur, les chapes de brocart, les dalmatiques où les gros cierges en suif du moyen âge ont laissé des taches verdâtres, et aussi les bois sculpés couleur de châtaigne, les patènes d'or blond, les crosses abbatiales, les reliquaires byzantins, et les agates, les onyx, les boîtes de vermeil où dessèche le petit bout d'éponge qui a bu le sang des arènes impériales. Parfois il s'arrête devant un cabinet d'ébène, à marqueteries d'ivoire rose, et, l'ouvrant avec une clef de tabernacle plus ciselée qu'un bijou, il me met dans les mains des autographes de Michel-Ange, de Léon X ou de Savonarole ; je m'assois dans une stalle pour regarder plus à mon aise les parchemins dont le vieillard m'épèle la traduction, et il flotte autour de nous, dans le silence de ce palais, une étrange senteur de bonbons, de vieilles tapisseries et d'encens.

« Quand je quitte le cardinal, l'heure est toujours très avancée, et je rentre chez moi la tête submergée de pensées que je serais aussi embarrassée de démêler que d'exprimer. On trouvera peut-être que je tourne à la femme bas-bleu et que cette posture ne me va guère? tant pis pour ceux qui me feraient ce reproche. j'aime mon journal, je n'en disconviens pas, et depuis que je me suis vouée à cette tâche quotidienne, et souvent héroïque, de transcrire aussi fidèlement et aussi impartialement que possible les incidents journaliers de ma vie, j'y éprouve un grand plaisir d'abord, et ensuite un très notable soulagement. Au fond, je crois bien que j'ai raté ma *carriere*. Si je regarde la jeune fille que j'étais, avec mon éducation sèche, mes tendances très prononcées en tout sans être pourtant jamais passionnées, mes absolutismes, ma possession de moi, ma froideur naturelle et raisonnée, mon irréligion sans remords, au moment où j'étais à la maison, rue de Rome (tiens! quelle bizarre coïncidence! jusqu'aux appartements qui se mettent à faire de l'ironie!) je m'aperçois que je n'aurais pas dû me marier, du moins une première fois. Comme papa me l'a dit souvent, quand les catastrophes sont arrivées : « Ça n'était pas du tout ta botte. » Ma botte, bien qu'elle en ait la forme, ce n'était pas non plus l'Italie, même dans les bonnes conditions où j'y suis chaussée... c'était d'écrire, d'être *homme* de lettres! Tous les dons et tous les défauts nécessaires, je les ai, ou plutôt je les avais. A un coup d'œil juste et personnel, à une observation d'un humour grincheux, je joins une absence complète des préjugés et des idées reçues, un irrespect, toujours poli, des croyances et des articles de foi. Comme je sais couramment plusieurs langues, j'aurais débuté par des traductions de romans anglais, des impressions de voyages où j'aurais fait ma petite Bourgette tout en restant *moi;* j'aurais d'abord opéré à la *Revue bleue* ou au supplément du *Figaro*, ensuite j'aurais tenté des conférences à la salle des Capucines, très crânement; les reporters, le lendemain, seraient venus m'interviewer pour m'arracher, en me garantissant le secret, mon opinion tout intime sur Wagner, le Théâtre-Libre et le maintien du Concordat. Je les aurais reçus habillée en homme, comme la marquise de Malveau, pour les écarquiller. Bientôt j'aurais abordé le roman : les modèles et les types ne me manquaient pas. Naturellement j'ouvrais le feu en racontant ma famille et tout ce qui s'y passait d'énorme, d'amusant, d'inespéré. J'aurais fait verser des larmes aux âmes sensibles, avec le pessimisme insurmontable de maman, et, quant à papa, il serait *resté* comme un type de Balzac. Et mon mari! et Bobette! et les Buranty! quelle odyssée parisienne on aurait pu écrire avec toute cette fantasmagorie de mon mariage et de mon divorce! J'en trouve à l'instant le titre : *Le Nouveau Jeu*. Je l'eusse donc écrit, ce roman, et comme il aurait été archi-vécu, je vous laisse à penser son succès; vingt édi-

« Cela se devine au sourire qu'il a toujours en m'abordant...

tions au moins, il me semble lire d'ici des phrases d'articles consacrés à mon œuvre : « On sent que l'auteur n'a pas craint de faire saigner ses propres fibres... » etc., et, en effet, je te les aurais rudement traitées, mes fibres! il eût fallu qu'elles me rapportassent le succès, le vrai, celui qu'on appelle : de bon aloi! et elles me l'auraient rapporté, j'en réponds. Et à cette heure, je serais classée, considérée, honorée, enviée. « je me vendrais! » on m'achèterait dans les gares, la presse signalerait mes « déplacements et villégiatures »! Ce bon dolmen de Renan aurait voulu dîner une fois avec moi, et M. de Goncourt penserait peut-être à m'exalter à son Académie, puisque je suis femme, que j'ai de la gorge, et que je ne peux pas décrocher l'autre, la belle, celle du Quai! J'aurais pu ainsi conserver, aussi longtemps que cela m'eût fait plaisir, ma virginité très relative de jeune fille, et épouser à la fin quelque beau et brave garçon sans talent qui aurait été très fier de n'être célèbre que parce qu'il était le mari de sa femme.

« Voilà tout ce que j'ai raté.

« Mais à quoi sert de regretter? Ce qui eût pu arriver ne mérite pas un de nos soupirs. Le passé? l'avenir? piètres sujets de lamentations et de rêves. Il n'y a que le présent qui vaille qu'on s'y intéresse, et dans la limite où il se montre aimable et nous fait des avances. Pour l'instant, soyons comtesse Soperani puisque c'est mon lot, soutenons nos trente-neuf ans pour les empêcher de trop tomber, tâchons de ne pas attraper les fièvres, et jouissons des petits cadeaux avec lesquels la Nature s'efforce d'entretenir notre amitié : pureté du ciel, douceur de la lumière, parfum des brises ; jouissons-en surtout, ah! sans gratitude, car ces maigres compensations ne nous payent pas du *reste* qui est les trois quarts de la vie.

« Et quand la vieillesse montrera le bout de son nez par la porte de bronze, eh bien, on s'arrangera pour recevoir cette personne comme il faut. *Va bene;* tout m'est égal. »

— Tiens, ce vieux Costel !

XVIII

LE RÉSULTAT DU NOUVEAU JEU

PAUL COSTARD, quarante et un ans ; LE PEINTRE MANTEL, cinquante ans, très préparés. Rosette de la Légion.

A l'Hippodrome, en semaine. Peu de monde. Ils se jettent l'un dans l'autre, au promenoir.

COSTARD. — Tiens, ce vieux Mantard !

MANTEL. — Tiens, ce vieux Costel !

COSTARD. — Par quel hasard es-tu là ce soir ?

MANTEL. — C'est à toi que je le demande. Lundi, ça n'est pourtant pas le jour des gens qui se respectent ?

COSTARD. — Justement. J'en ai assez du jour chic. Je l'ai trop vu. Je fais exprès, maintenant, quand je vais quelque part, de choisir les vilains soirs.

MANTEL. — C'est comme moi.

COSTARD. — Regarde : il n'y a personne. Au moins on peut jouir du spectacle. Et puis, pas besoin de se mettre en sifflet, avec le galon blanc au cou ; j'entre comme je suis.

MANTEL. — En veston.

COSTARD. — C'est charmant ! Asseyons-nous dans une loge, tiens ! nous serons mieux pour causer, nous ne nous voyons pas si souvent ! Prenons celle-là. (*A l'ouvreuse.*) Madame, voulez-vous nous ouvrir la loge 17, s'il vous plaît ? (*L'ouvreuse leur donne un programme. Les voilà installés.*) Oh ! j'y pense. C'est tout de même drôle la vie, ça ne s'invente pas !

MANTEL. — A propos de quoi fais-tu cette découverte ?

COSTARD. — Cette loge où nous sommes, la loge 17.

MANTEL. — Eh bien ?

COSTARD. — C'est la même, mon cher, où nous avons passé notre dernière soirée ensemble, tous les quatre : Bobette, Louise et nous deux, il y a de ça une rallonge de quinze ans ! Avoue que c'est curieux ?

MANTEL. — Si tu veux. Moi, ça ne m'ébahit pas.

COSTARD. — Tu es blasé. Voilà ce que c'est que d'être de l'Institut.

MANTEL. — Fallait bien en finir. On ne peut pas avoir de grands cheveux toute la vie.

COSTARD. — Ils deviendraient trop longs ! Le fait est que tu as joliment marché.

MANTEL. — Sur les autres.

COSTARD. — Qu'est-ce que tu prépares en ce moment-ci ?

MANTEL. — Le portrait du grand rabbin.

COSTARD. — Je n'aimerais pas avoir ça dans ma chambre.

MANTEL. — Et puis un plafond pour l'archevêché.

COSTARD. — Des saints ? Nom d'un bleu ! Ça n'est pas de l'espièglerie, ces affaires-là ! Hein, quand on le compare à ce que tu nous servais autrefois ?

MANTEL. — J'étais gamin, j'avais les moyens d'attendre. A présent, plus.

COSTARD. — Aussi les jeunes te reprochent d'avoir fait des concessions ?

MANTEL. — Les imbéciles ! Au lieu d'en faire tout de suite. Comme je leur dis : « Vous en ferez dans vingt ans, et alors vous en ferez trop ! » Mais ils ne m'écoutent pas. Qu'est-ce que c'est que ça, là, dans le milieu ! (*Il indique des acrobates en train d'exécuter des sauts périlleux.*)

COSTARD. — Les jeux Icariens. Evidemment, ça n'est pas récent, mais c'est toujours drôle. En somme, on a beau chercher et piocher dans le neuf, c'est encore, et en tout, les vieilles choses qui valent le mieux.

MANTEL. — Ah ! ma foi, oui !

COSTARD. — Et on ne les connaît pas, mon cher, les vieilles choses ! Personne ne les connaît ! Ainsi, l'autre semaine, j'ai été, par hasard, à l'Opéra-Comique. On jouait *Richard*.

MANTEL. — Bidel Cœur-de-Lion.

COSTARD. — Oui, ne blague pas. Eh bien, c'est charmant, mais charmant ! Je n'avais jamais vu ça, j'ai été tué.

MANTEL. — Faudra y retourner.

COSTARD. — Mais certainement. Nous irons ensemble. C'est comme encore autre chose. As-tu lu *Paul et Virginie ?*

MANTEL. — Parbleu... les Pamplemousses, bon petit nègre...

COSTARD. — Moi, je ne l'avais jamais lu, je l'ai lu dernièrement, ça m'a fait pleurer. Surtout la fin, tu te rappelles sur le *Saint-Géran*, quand Chose.. mon frère Yves, arrive tout nu pour sauver la petite, et qu'elle ne veut pas... j'en ai été malade. Ah ! c'est rudement bien. On n'écrit plus comme ça aujourd'hui, même à la *Revue*.

MANTEL. — Toi aussi, tu sais, mon ami, tu as fait des concessions.

COSTARD. — Sans doute, j'en conviens, je n'ai pas toujours pensé ni parlé comme aujourd'hui. C'est la folle jeunesse, ça ! Monsieur avait besoin de jeter ses gourmes. Ah ! il n'y a rien de tel que la noce et les idées fausses pour bien vous tremper ! Vois-tu, j'ai observé une chose, moi : c'est que la seconde moitié de la vie se passe toujours à revenir de la première. Alors, quand on a été pendant les premiers quinze ans de son existence à faire le séminariste et à suivre les concerts Colonne, tu juges, après, cette débâcle ? A quarante-cinq ans on se met à écrire des vers à une femme de brasserie comme un collégien. Tandis qu'au contraire, quand on a commencé par les croquignoles, à s'en donner mal au cœur, on trouve après que la soupe grasse a du bon, et on devient un homme-potage, un homme rangé.

MANTEL. — Tu es rangé, toi ?

COSTARD. — Ma parole. Bien entendu, je n'ai pas complètement dit adieu aux passe-temps de la chair.

MANTEL. — Elle est faible ?

COSTARD. — Pas toujours. Mais malgré cela, je peux dire que je suis devenu très raisonnable. Plus d'amour dans les grands prix !

MANTEL. — Dans les petits, alors ?

COSTARD. — Dans les moyens. J'ai une amie très bien, une couturière, et mise absolument comme si c'était moi qui lui payais ses robes. On peut la sortir, elle ne fait pas honte.

MANTEL. — Quel âge ?

COSTARD. — Celui où elles commencent à se montrer aimables parce qu'elles se sentent mûrir : trente-deux.

MANTEL. — C'est le bon !

COSTARD. — Je vais la voir tous les deux jours.

MANTEL. — Mes compliments.

COSTARD. — Oh ! non ! c'est en camarades, nous restons très boutonnés. Excepté quelquefois, les dimanches. De temps en temps, nous allons au théâtre.

MANTEL. — Voir les opérettes...

COSTARD. — Jamais, quelle scie ! Non, les pièces sérieuses, à la Comédie-Française presque toujours. La semaine dernière nous avons été à *Œdipe*. Elle s'est énormément

— À PROPOS DE QUOI FAIS-TU CETTE DÉCOUVERTE ?

amusée. Le soir, dans notre chambre, elle m'imitait Mounet.

MANTEL. — Je regrette bien de ne pas avoir été là.

COSTARD. — Enfin, c'est pour te dire que je ne suis pas malheureux, et tout ça parce que j'ai compris ce que c'était que la vie, et la manière de s'en servir. Je me lève tard, je me couche de bonne heure...

MANTEL. — Tu engraisses.

COSTARD. — Non, je profite et je reperds. Je fais le soufflet.

MANTEL. — Mais, tes journées, comment les passes-tu ?

COSTARD. — Je sors, je flâne, je vais à la salle des ventes.

MANTEL. — Tu achètes ?

COSTARD. — Non, je pousse en dedans. Ensuite je me promène dans les passages, je traîne rue de la Paix, je stationne devant les bijoux, et puis je m'arrête aux papetiers, à regarder les photographies d'actrices. Quand je ne sais absolument pas quoi faire... alors je me fais cirer, c'est dix minutes d'occupées. Et puis j'aime avoir les pieds bien propres, bien noirs. Je gagne comme ça les six heures. Je monte au cercle où je dîne, en apprenant les nouvelles, et le temps s'abat tout de même.

MANTEL. — Est-ce que tu joues ?

COSTARD. — Non, je ne touche plus un carton. Je me tue à te dire que je suis rangé.

MANTEL. — Et tu diriges cette vie austère depuis combien ?

COSTARD. — Ça m'a pris après mon divorce.

MANTEL. — Une belle idée que tu avais eue encore de te marier !

COSTARD. — Je ne le regrette pas. J'ai vu ce que c'était que le mariage, ce qu'on appelle : la vie de famille ! J'étais malade de m'être embarqué dans tout ça ; maintenant, je suis guéri ; j'ai rompu avec le passé.

MANTEL. — Tu n'as jamais revu personne ?

COSTARD. — Jamais personne. Ma femme a décroché le gros lot : un comte italien extrêmement calé qui ne la bat pas. Tant mieux pour elle, je ne suis pas rancunier, moi, et il y a belle heure que je lui ai pardonné !

MANTEL. — Ton beau-père ? il doit être mort ?

COSTARD. — Non. C'est inouï ce qu'il se cramponne. Quand il tient les barreaux, celui-là, il ne les lâche pas.

MANTEL. — Tu le vois ?

COSTARD. — On ne peut pas. Décemment on ne peut pas. Il mène une vie... de petite correspondance ! Toutes les masseuses de Paris, il leur a passé par les mains.

MANTEL. — Ça doit bien l'assouplir.

COSTARD. — Un peu trop. Non, nous sommes fâchés. Voilà l'entr'acte. Un tour d'écuries ?

MANTEL. — Nous sommes bien ici. Et ta mère ? je ne t'en parle pas, je sais que tu n'as jamais été très bien avec elle.

COSTARD. — En effet, et ça date de longtemps. Ça date, tiens, d'il y a quinze ans, de toutes mes histoires ; mais c'est surtout l'histoire d'Arcachon qui a tout gâté. Tu la connais ?

MANTEL. — Non.

COSTARD. — Tu ne connais pas l'affaire d'Arcachon ? Ecoute-la, elle est tout de même drôle et instructive ! Tu te rappelles Arcachon ?

MANTEL. — Votre caniche qui était si intelligent ?

COSTARD. — Il ne lui manquait que la parole. Eh bien, à l'époque des flagrants délits, les rapports entre familles étaient très tendus. Ma mère avait pris parti pour ma femme, je ne trouvais pas ça chic qu'une mère, une mère âgée, dans une pareille situation, lâche son fils pour s'en aller dans l'autre camp, et dame, je lui avais dit là-dessus ma façon de penser, avec une mâle franchise, comme je sais dire les choses quand elles me pèsent sur l'estomac...

MANTEL. — Je me rends compte.

COSTARD. — Voilà qu'un jour, Arcachon devient tout drôle. Plus d'appétit, plus de gaieté. Je lui avais appris à aboyer chaque fois que Bobette lâchait un gros mot... A présent, plus rien, il les laissait tous passer. Qu'est-ce que ça signifie ? Pleurs de Bobette, moi voiture, vétérinaire qui vient, qui tâte et qui dit : « Rien à faire, monsieur-madame, votre chien, il est empoisonné. » Je paye l'homme de l'art, et le soir même Arcachon claque.

MANTEL. — Mais c'est un drame tout fait pour l'Ambigu!

COSTARD. — Attends. Je dis à Bobette : « Il n'y a qu'une personne au monde capable de nous faire une pareille cochonnerie, c'est maman. — Tu crois? — J'en suis sûr, mais patienza, esperanza, laisse-moi faire, chérie, nous lui rendrons sa monnaie. » Mon cher, justement elle se trouvait pour l'instant à la campagne, à son château, à notre château, dans le Var, à cent lieues d'ici. Qu'est-ce que je fais? je bondis comme la panthère au télégraphe et je lui envoie une dépêche laconique ainsi conçue : « Hôtel avenue Marceau brûlé. Tout cendres. Venez. » Et je signe : Thomas, du nom de son portier. Je savais qu'elle n'était pas assurée, elle reculait depuis deux ans, par avarice.

MANTEL. — Alors?

COSTARD. — Alors elle reçoit ça dans le Var. Folle. Prend le train, fait les cent lieues d'affilée et déballe la nuit avenue Marceau par un beau clair de lune, où elle trouve sa maçonnerie qui se portait comme le pont Neuf. Dis qu'elle est drôle?

MANTEL. — Elle l'est.

COSTARD. — Du coup elle s'est assurée le lendemain. Mais, vois cette petitesse d'esprit, elle ne m'a jamais pardonné l'émotion que je lui avais donnée rien qu'à penser que sa galerie, tous les Bouguereau, les Lobrichon, les Cabanel, tout ça était rissolé!

MANTEL. — Ne plaisante pas : ils ont du talent, et puis ça vaut cher!

COSTARD. — Pauvre Bobette! Ah! je me souviendrai longtemps. Comme nous étions sûrs que ma mère, au reçu du billet doux, s'amènerait par le premier train, nous nous étions postés avenue Marceau, à une petite distance de l'hôtel, tous les deux dans un fiacre fermé, pour être là et voir sa tête à la descente. Ah! mes enfants! Elle a poussé un cri, mais un cri! C'est depuis ce jour-là que nous sommes tout à fait mal, maman et moi.

MANTEL. — Ça s'arrangera avec les années.

COSTARD. — Pas facile. Il faudra bien cependant. Quand ça ne serait que pour le monde. Maintenant que je suis rangé, il n'est guère convenable qu'un fils, un fils unique

— JE SUIS TRISTE. AH! SI JE POUVAIS RECOMMENCER MA VIE!

et une mère soient comme nous, à couteaux tirés.

MANTEL. — Elle te laissera de la fortune?

COSTARD. — Ah! oui, une bonne centaine de mille livres de rente. Papa a fait tant d'affaires!

MANTEL. — Allons! décidément, tu n'es pas encore à plaindre. Avec la jeunesse mou vementée que tu as eue, tu t'en tires sans trop de pertes.

COSTARD. — Oui, je suis content, mais...

MANTEL. — Mais quoi ?

COSTARD. — Je ne sais pas. Il y a des jours où je sens comme un petit reproche... dans moi, dans ce qui me tient lieu de conscience. Je ne pourrais pas dire ce que c'est au juste, mais j'éprouve un vague... Pas pleinement satisfait... quelque chose qui cloche...

MANTEL. — Mais quoi encore ?

COSTARD. — Rien et tout. Je me cote et je m'estime, parbleu, je sais bien que je ne suis pas une nature ordinaire, et cependant, il me semble par moment... certains soirs... et quelquefois aussi le matin, que j'aurais préféré n'être pas Paul Costard, être un autre, dans un autre milieu... que ça soit mon voisin, toi par exemple, qui soit Paul Costard, et pas moi.

MANTEL. — Je te remercie, tu me gâtes.

COSTARD. — Tu me comprends, n'est-ce pas ? tu saisis ce que je rends mal ?

MANTEL. — Oui.

COSTARD. — Explique ça.

MANTEL. — Oh ! c'est trop fort pour moi.

COSTARD. — Demande-le à l'archevêque et au grand rabbin la prochaine fois que tu les verras.

MANTEL. — Manquerai pas. Mais, moi, je pense à autre chose de bien plus grave.

COSTARD. — Vas-y.

MANTEL. — Tu ne vas pas te fâcher ?

COSTARD. — Mais non.

MANTEL. — Je pense à quoi t'a mené ton nouveau jeu, tu sais, ta fameuse manie : « Moi, je suis nouveau jeu, rien des vieux clichés ! »

COSTARD. — Eh bien, où ça m'a-t-il mené ?

MANTEL. — A *Paul et Virginie* et à *Richard Cœur-de-Lion*, mon pauvre gros. Tu découvres la Méditerranée quinze ans plus tard que les autres. Voilà le seul résultat. Est-ce vrai ?

COSTARD. — C'est vrai.

MANTEL. — Tu ne dis plus rien ?

COSTARD. — Je suis triste. A quoi ça sert-il alors d'avoir été jeune, étincelant, pas banal, pour aboutir au même rond-point que tout le monde ? Ah ! si je pouvais recommencer ma vie ?

MANTEL. — Qu'est-ce que tu ferais ?

COSTARD. — Je ferais... je ferais la même chose. Mais mieux.

MANTEL. — C'est impossible.

COSTARD. — On s'en va. Partons. Avec tout notre bavardage, nous avons perdu les trois quarts du spectacle. Dis donc ? je vais t'avouer une affaire : tu ne vas pas te moquer de moi ?

MANTEL. — Non.

COSTARD. — Eh bien, plus je vais, plus je crois à l'immortalité de l'âme. Je te jure. (*A l'ouvreuse.*) Tenez, madame, voilà quarante sous. (*Ils sortent. L'orchestre joue l'hymne russe.*)

IMPRIMÉS

Il parait un volume au commencement de chaque mois

Imp. Wellhoff et Roche, 55, rue Fromont, Levallois-Perret. Tél. 518-15.

www.ingramcontent.com/pod-product-compliance
Ingram Content Group UK Ltd.
Pitfield, Milton Keynes, MK11 3LW, UK
UKHW020917180726
13838UKWH00002B/594